복희의 아이들

복희의 아이들

매강 김미자의 동(童)수필집

시인

차례

'동수필(童隨筆)'에 대한 나의 견해

매강 김미자

'동수필'이란 장르를 최초로 제안한 정진권 선생은 1987년에「동수필에 관하여」라는 논문을 발표하고, 동수필이 갖추어야 할 몇 가지 조건들을 제시하면서 실험적으로 쓴 동수필 몇 편을 선보인 바 있다.

수필가들의 관심을 유발해보고자 동수필에 대한 논문을 썼다던 정진권 선생의 의도와는 달리 문단에서의 관심은 미미했고, 이철호 선생이 유일하게 1995년에「5월에 童隨筆을」이라는 글로써 다음과 같이 관심을 보였다.

여기서 생각해 볼 것은 수필에 있어서 童隨筆의 문제다. 이미 정진권 교수에 의해서 최초로 제기되었지만, 우리 수필 문단에서 아직도 관심 밖의 일로 밀려나고 있다.

시와 소설에 아동 시와 아동소설(동화)이 있는데 수필에 있어서 童隨筆이 존재 못할 리가 없다. 순수한 아동의 심리를 그린 童隨筆은 수필에 있어서 또 하나의 새로운 장르로 받아들일 필요가 있는 것이다.

그다음 해인 1996년 11월에 운정(雲停) 윤재천 선생이 "어린이 수필의 가능성"이란 주제로 세미나를 개최하였고, 세미나에서 발표

한 논문 「어린이를 위한 에세이는 가능한가」(유경환), 「어린이를 위한 수필」(이경애), 「童隨筆의 條件과 實驗」(정진권)을 『현대수필』 겨울호 특집으로 게재하여, 희미해지고 있는 '동수필'이란 불씨에 성냥불을 댕겼다.

되살아난 동수필의 불꽃은 한국수필학회에서 발간하는 『수필학(隨筆學)』 8집(2001년)과 9집(2002년)을 통해 유경환 선생의 「어린이를 위한 에세이의 효용」과 「어린이를 위한 수필의 전망」을 다룸으로써 명맥을 유지해왔다.

그 후, 2004년 봄에 문향(文鄕) 김대규 시인이 "『복희 이야기』와 동수필의 가능성"이란 평설에서 동수필의 실례(實例)를 들어가며 보다 상세하게 피력함으로써 동수필의 자리를 확고하게 굳혔다.

위의 논문을 접하기 전부터 이미 나는 초등학생이던 두 아이에게 날마다 밥상머리에서 들려주던 유년 시절의 얘기를 동화적 어법으로 써서 읽게 했다. 아이들은 말로 들을 때보다 더 재미있다며 다음 작품을 기다렸다.

그렇게 시작한 작품 「박하사탕」, 「황소와 어머니」, 「마당이 넓은 집」, 「논두렁 길」, 「밤안개」, 「불공드리러 가는 길」 6편을 첫 수필집 『마흔에 만난 애인』(2001년 3월)에 실험적으로 수록했다.

그때만 해도 동수필(童隨筆)은 염두에 두지 않았고, 아이들의 말에 힘을 얻어 동 종류의 글을 계속 쓰면서도 내 얘기를 쓰고 있다는 낯간지러움과 내 얘기이지만 우리의 얘기로 승화하려면 공감대 형성에 초점을 맞춰야 한다는 의무감에 얽매어 고심했다.

우리나라의 60년대 생활상은 궁핍 그 자체였다. 6·25 전쟁의 후유증을 앓으며 재건 운동, 증산 운동이 정책적으로 이뤄지고, 대가족이 밭으로 들로 나가 농사지어 겨우 입에 풀칠하던 농촌에서는 식솔 하나를 덜기 위해 어린 아들, 딸들을 서울 공장으로, 식모살이로 하나, 둘씩 떠나보내기도 하던 시절이었다. 나만의 얘기가 아니라 우리의 얘기여서 내가 아닌 우리의 주인공이 필요했다. 3인칭 '복희'가 등장한 이유였다.

농촌에서 자라며 누구나 하나쯤 간직하고 있을 유년의 추억에 초점을 맞춰 사회적인 주제를 찾아 글을 써가던 중에 『현대수필』(1996년 겨울호)에서 특집으로 다룬 정진권 선생의 「童隨筆의 條件과 實驗」을 접하게 되었다.

정진권 선생은 동수필의 조건에 "수필가가 써야 하고, 어린이를 대상으로 쓴 글, 어린이가 이해할 수 있는 쉬운 어휘와 소재, 짧은 문장, 간결한 문체, 어린이의 눈으로 관찰하고 어린이로서 생각하고 느끼고 말하는 사람이어야 된다."고 했는데, 내가 써온 작품과 맞아떨어졌다.

60년대에 농촌에서 유년기를 보내며 보고 겪은 일들을 '복희'라는 어린이의 눈을 통해 쓴 『복희 이야기』의 원고 대부분이 4~6매 정도로 짧은 에피소드였다. 「운동회」, 「검정 장화」, 「감꽃」, 「엿장수」, 「모내기」, 「원두막」, 「장독대」 등과 같은 작품이 그때 그 시절을 살았던 부모 세대에게는 추억을 상기시키고, 디지털 시대를 살아가고 있는 어린이들에게는 옛날 옛적 이야기처럼 스며들 수 있기를 바랐다.

작가는 독자를 의식하지 않을 수 없다. 대상이 어른이건 어린이건 호감을 갖고 쉽게 읽혀지면 좋은 글이라 할 수 있다. 문학성을 염두에 두어야 하는 것도 작가의 의무다.

처음으로 시도하여 출간한 동수필집 『복희 이야기』 1, 2권을 접한 분들이 옛 시절을 떠올리며 잃었던 고향을 찾은 느낌이었다고 반색하는가 하면, 동화 같다는 독자도 있었고, 동화가 아니냐는 질문도 받았다.

『복희 이야기』를 굳이 '동수필집'이라 명명한 것은 이야기를 꾸며 만들어 낸 동화와 달리 허구가 아닌 유년에 경험한 사실을 바탕으로 썼고, 어린이의 시각으로 쉽고도 짧게 쓴 글이라는 이유에서였다.

동수필이라 하여 독자를 어린이로 한정 짓는 것은 무리다. 어린이 시각으로 쓴 『어린 왕자』가 오랫동안 어른에게 더 읽혀 회자되고 있듯 동수필도 어른이 더 좋아할 수 있다. 어린이의 순수성과 천진난만함이 묻어나는 글은 독자를 더 매료시킨다.

현재 서점가에서는 '동수필'이란 장르가 자리를 찾지 못하고 아동문학과 성인문학 사이에서 우왕좌왕하고 있다. 저자인 나도 혼란스러워 출판사에서 어느 쪽으로 가야 하느냐고 물어오면 명확하게 답변해 주지 못한다.

베스트셀러가 독자층의 구분이 없이 서점 한가운데에서 귀인 대접을 받듯 동수필도 아동문학 쪽으로만 치우치거나 성인 수필 쪽으로 가는 것보다 아동과 성인 독자를 아우르는 문학으로 자리 잡아야 한다.

물질적 풍요와 첨단 과학 문명에 길들여진 디지털 세대, 급변하는 시대에서 바쁘게 살아가는 어린이들의 정서 함양에 도움을 줄 수 있는 것은 작가들이 쓴 양질의 책을 통해서만 가능하다.

또 정보화 시대에 살고 있는 요즘 독자는 해박한 지식꾼들이라 교훈적인 긴 글보다는 가볍게 읽을 수 있는 책을 선호한다. 짧은 글을 좋아하고 핸드폰으로 주고받는 문자조차 귀찮아서 기호를 사용하고 있는 세대에게 부담 없는 어휘와 짧고 간결하게 쓴 동수필이 새롭게 부각될 것으로 보인다.

동수필에 삽화(挿畵)가 주어진다면 시각적 효과를 높여 금상첨화가 되겠다. 동수필이 독자들로부터 각광 받을 날이 앞당겨지길 기대한다.

머리말

한국 문단 최초로 동수필집 2권을 출간한 지 어느덧, 18년이 지났습니다. 경기도문화재단과 안양시의 지원을 받아 2004년과 2006년에 출간한 『복희 이야기 1, 2』 중 「여름」, 「가을」, 「겨울」, 「논두렁길」, 「이삭줍기」, 「설날」 등이 동영상으로 제작되어 네티즌들의 관심을 받으며 기성세대들에게는 추억을, 디지털 세대들에게는 60년대의 시대상을 보여줌으로써 세대 간의 가교역할에 일조해오고 있습니다.

『복희 이야기』 시리즈는 수필의 사실적인 묘사를 어린이의 시각으로 담아내어 폭넓은 독자층의 교감을 이끌었고, 부담 없는 문체와 친근한 소재는 독자들이 직접 동수필 창작을 시도하기도 했습니다.

동수필은 일반 수필과 차별화되어 한국 문단에 다양성을 보여줄 수 있는 새로운 장르이며 풍부한 잠재력을 가진 분야입니다. 여러 계층의 독자를 아우르는 것은 물론 문학 창작의 저변까지 확대 할 수 있는 힘을 지녔습니다.

『복희 이야기』의 연장선인 『복희의 아이들』은 배경이 농촌에서 도시로 바뀌고, 주인공들도 부모와 한 세대 차이가 나는 1990년대의 문화를 접하며 자란 아이들입니다.

1960년대 부모 세대가 물질적인 변화를 겪었다면, 1990년대는 문화적, 정신적으로 변화가 컸던 시기입니다. 이 시기에 자란 자녀 세대의 모습을 담아 그동안 어른들이 보지 못했던 아이들의 세상을 보여줌으로써, 또 한 번 세대 간의 교감과 소통의 장을 이끌어 낼 수 있을 것이라 믿습니다.

2010년, 세 아이의 일기장을 토대로 이미 완성한 작품 중에서 55편을 선별했으며, 「설날」, 「입학」, 「길고양이」, 「훌라후프」, 「생일선물」, 「동지팥죽」, 「봄 소풍」, 「시골 할머니 댁」, 「파마」, 「짝꿍」, 「엄마 냄새」 등은 시대가 변하고 세대가 바뀌어도 변하지 않는 소재들입니다.

부모 세대는 『복희의 아이들』을 통해 사회의 주역이 된 주인공들의 어린 시절과 그 시절의 문화적, 정신적 발전상을 교감하고, 첨단 시대를 숨 가쁘게 달려가는 디지털 세대들은 한 호흡 멈춰 직접 동수필을 창작할 수 있는 계기가 되었으면 합니다.

또 동수필 시리즈가 문학적 위상을 높이고, 궁극적으로 한국 문단의 발전에도 기여하길 간절히 바라며, 늦게나마 세 번째 동수필집을 묶어냅니다.

2023년 6월
매강 김미자

1. 설날

동생이 미워

네 살인 은지는 요즘 동생 때문에 짜증이 많아졌습니다.

동생이 태어났을 때는 작고 귀여워 예뻐했습니다. 누워서만 놀고 천장에 매단 비행 모빌을 보며 헤헤거리고, 은지가 주는 우유병을 빨며 씨익 웃어줘 좋기만 했습니다. 그런데 시간이 지나고 동생이 자랄수록 은지를 성가시게 합니다.

동생은 은지가 가는 곳마다 침을 질질 흘리며 바다 게처럼 빠르게 기어와 말썽을 피웁니다. 물을 엎지르고, 과자를 흩트리고, 은지가 책을 보면 뺏어다가 찢고, 그림을 그리면 스케치북 위로 올라와 오줌을 누고, 크레파스에 침을 묻히거나 집어던지며 온갖 말썽을 다 피웁니다.

은지가 속상해서 소리를 지릅니다. 엄마는 은지 속도 모르고 울린다고 꾸중하고, 사이좋게 놀지 않는다고 야단합니다. 은지는 자신의 마음을 몰라주는 엄마가 야속하고 동생이 미워집니다.

은지가 엄마에게 말합니다.

"엄마, 동생만 예뻐하려면 왜 저를 낳았어요? 엄마가 계속 동생만

에뻐하면 집을 나갈 거예요."

"뭐라고, 집을 나간다고? 어디로 나간 건데?"

"산속으로 갈 거예요."

"벌써부터 출가하시려고?"

엄마가 은지의 말을 듣고 재미있다는 듯 말하며 웃습니다. 은지는 설움에 북받쳐 큰소리로 서럽게 웁니다. 엄마가 엉엉 우는 은지를 꼭 안아주며 말합니다.

"은지야, 동생이 없을 때는 온 식구가 너만을 사랑했단다. 지금도 은지를 사랑하는 마음은 똑같지. 동생이 아직은 아기잖니. 아기라서 돌보는데 그렇게 삐지면 되겠어? 동생이 너만큼 자랄 때까지 조금만 참아. 동생이 잘 커야 나중에 네가 편하게 지낼 수 있단다. 지금은 성가시고 귀찮겠지만 나중에는 함께 놀 수 있는 좋은 친구가 될 거야. 더 크면 누나를 지켜주는 든든한 동생이 될 테니 너무 미워하지 말고 예쁘게 좀 봐줘라."

은지는 엄마 품에 폭 안겨서 고개를 끄덕입니다. 그리고 동생이 어서 커서 서로 얘기도 하고 사이좋게 놀 수 있는 날이 오기를 기다립니다.

파마

네 살인 은지는 엄마 손을 잡고 아파트 정문 앞에 있는 미장원으로 갑니다. 이른 시간이어서인지 뉴타운제과점 앞에 있는 '정 미용실'에는 손님이 없습니다. 미용사 아주머니가 어린이용 의자 받침을 놓은 뒤 은지를 안아다 앉혀줍니다.

엄마는 동생 성범이를 업고 옆에 서서 은지의 머리카락을 단발로 자르고 파마해달라고 주문합니다. 은지는 앞에 있는 커다란 거울 속을 봅니다. 은지의 긴 머리카락이 아주머니 손에 잘려 바닥으로 툭툭 떨어집니다.

엄마가 아침마다 머리를 양 갈래로 땋아서 예쁜 장식이 달린 고무줄로 묶어 주던 긴 머리카락이 사라졌습니다. 짓궂은 친구들이나 동생이 땋은 머리를 잡아당기면 머리카락이 뽑힐 듯이 아파 울곤 했는데, 이제는 울 일이 없을 것 같습니다.

은지는 미용사 아주머니가 분홍색 파마 기구로 머리카락을 돌돌 말아 노랑 고무줄로 고정하는 걸 봅니다. 몇 분 만에 은지 머리가 분홍색으로 변했습니다. 아주머니는 은지 머리에 파마약을 뿌리고 분홍

18

색 비닐 커버를 씌워줍니다. 파마가 다 되려면 시간이 걸린다고 하자 엄마는 집에 다녀오겠다며 미용사 아주머니와 시간약속을 합니다.

엄마는 은지를 데리고 뉴타운제과점에 들릅니다. 제과점 아주머니가 예쁜 스카프를 둘러쓴 은지를 보고 귀엽고 깜찍하다며 활짝 웃습니다. 엄마는 은지가 좋아하는 카스테라와 동생 성범이가 먹기 좋은 치즈 스틱빵을 삽니다.

집에 돌아온 은지는 안방 화장대 위에 놓인 고무줄 바구니를 챙깁니다. 딸기, 사과, 수박, 하트모양, 옥구슬의 예쁜 고무줄들을 쓸 수 없다는 게 섭섭합니다.

은지 머리의 장식 모양만 보면 탐내며 잡아당기는 동생을 밀쳐버려 울리곤 했는데, 이젠 고무줄을 잘라낸 예쁜 장식들은 동생과 사이좋게 놀거리를 만들어 줄 것입니다.

엄마와 미장원에 다녀온 은지가 양배추인형이 되었습니다. 아빠와 삼촌이 뽀글이 양배추인형 같다고 놀립니다. 식구들의 놀림이 싫다고 울상이던 은지가 커다란 양배추인형을 안고 잠이 들었습니다. 나란히 누워 있는 모습이 너무 닮아 누가 은지이고 인형인지 순간 헷갈립니다. 엄마, 아빠는 은지의 자는 모습을 보며 빙그레 웃습니다.

몬테소리스쿨

은지네 집에 있는 진달래가 활짝 피었습니다. 봄이 오고 있다는 신호입니다.

네 돌이 안 된 은지는 엄마와 몬테소리스쿨에 다니기로 약속을 해놓고 마음이 들뜨기도 하고 걱정도 됩니다.

지금까지는 집에서 놀거나 책을 보며 지냈지만, 이젠 몬테소리스쿨에 다녀야 합니다. 그곳은 어떤 곳일까. 어떤 친구들과 만나게 될까. 이것저것 궁금하여 잠이 잘 오지 않습니다.

다음 날 아침, 은지는 엄마가 사주신 분홍 코트를 입고 새 운동화도 신었습니다. 현관문 앞에서 기다리던 은지는 엄마의 손을 꼭 잡습니다. 엄마 등에 업힌 동생은 방방거리며 좋아합니다.

은지는 엄마와 옆 동에 있는 몬테소리스쿨을 향해 갑니다. 이웃에 사는 언니, 오빠들도 하나둘씩 만나 함께 '몬테소리스쿨'이라고 쓴 현관문 안으로 들어갑니다. 예쁘고 친절한 선생님 두 분이 반갑게 맞아줍니다. 벌써 온 친구들은 여러 가지 교구가 있는 방으로 들어가 놀고 있습니다.

몬테소리스쿨에 모인 친구 중에서 제일 어린 은지는 낯선 환경이 어색합니다. 처음 보는 피아노며, 벽에 붙인 동화 그림이며 지금까지 보지 못했던 여러 가지 장난감들이 신기할 뿐입니다.

친절한 선생님은 조심스러워하는 은지를 데리고 교구가 있는 방으로 들어가 좋아하는 걸 가지고 놀도록 합니다. 아주 예쁜 보석 같은 구슬도 있고, 크고 작은 단추, 나무 블록, 여러 모양의 교구와 그림책이 방 안에 가득 있는 것처럼 느껴집니다.

은지는 선생님이 하라는 대로 따라 합니다. 친구들과 놀며 이름도 알게 되고 처음으로 「우리 유치원」이라는 노래도 배웁니다. 간식으로 우유와 비스킷을 먹고 여러 가지 교구 사용법을 배우는 동안 두려웠던 마음이 달아나고 있습니다. 그렇게 몇 시간을 보내고 집으로 돌아올 때는 옆 동의 언니들과 함께 놀면서 옵니다.

은지가 집에 와서 벨을 누르자 동생을 돌보고 있던 엄마가 깜짝 놀라며 반겨줍니다. 혼자 잘 찾아온 은지를 기특해하며 첫날 수업이 어땠는지 이것저것 궁금해합니다. 은지가 너무 어려서 염려되었던 엄마는 혼자 다닐 만하냐고 묻습니다.

은지는 무척 재미있다며 자신 있게 말합니다. 그리고 몬테소리스쿨에서 배운 「우리 유치원」을 신나게 부릅니다. 동생이 누나의 노래에 맞춰 엉덩이를 들썩이며 춤을 춥니다. 엄마가 흐뭇한 듯 하얀 이를 보이며 활짝 웃습니다.

우성아파트

　　비산1동 우성아파트에서 태어난 은지는 친구들도 모두 아파트에 사는 줄 알고 지내다가 상가 2층에 있는 미술학원에 다니면서 새로운 사실을 알게 됩니다.

　　미술학원에는 아파트에 사는 친구들보다 상가 아래쪽 주택이나 길 건너 산등성이 마을에서 오는 친구가 많이 있습니다. 대림공업전문대학 아래 골목 시장 쪽에 사는 친구, 연립주택이나 산비탈 동네에 사는 친구, 평화보육원 옆 동네에서 사는 친구도 있습니다.

　　아파트 상가 2층에서 보면 길 건너 산비탈에 다닥다닥 붙어 있는 집들이 한눈에 보입니다. 3번 마을버스 정류장이 있는 아래쪽에서부터 층층으로 올라가며 늘어서 있는 집들은 상가 건물보다 높습니다. 산 중턱에 있는 대림공업전문대학 건물 옆까지 빼곡히 들어선 집들이 높은 빌딩처럼 보입니다.

　　은지가 사는 동네에는 아파트가 하나뿐이어서 친구들이 은지를 무척 부러워하며 아파트에 가보고 싶어 합니다. 은지는 미술학원 유치원이 끝나면 친구들을 데리고 아파트 놀이터로 가서 시소와 미끄럼틀, 그네와 회전그네를 타거나 모래밭에서 소꿉놀이하며 놀곤 합니다.

놀이터에서 실컷 놀다가 목이 마르면 친구들을 데리고 아파트 3층인 집으로 우르르 올라가 벨을 누릅니다. 동생을 돌보던 엄마가 반갑게 맞아줍니다. 은지 뒤에 줄지어 섰던 친구들이 인사를 하며 현관문 안으로 들어오면 세 살배기 동생이 제일 좋아합니다.

엄마는 아이들에게 손 씻고 오라며 욕실 문을 활짝 열어놓습니다. 아이들이 세면대에서 손을 씻느라고 북적거리는 사이에 엄마는 식탁에 과자와 주스를 차려놓습니다.

네 개의 식탁 의자가 모자라 아빠 책상 의자까지 가지고 나와 식탁 옆에 놓아줍니다. 은지 친구들이 식탁에 둘러앉아 맛있게 간식을 먹고 은지 방으로 들어갑니다. 책장에서 각자 좋아하는 책을 한 권씩 뽑아 들고 방바닥에 앉아 읽으며 즐거워합니다.

빵집 골목에 사는 지혜는 아파트가 신기하다며 안방에도 들어가 보고, 아빠 책상이 있는 작은 방에도 들어가 보고, 장난감이 나뒹구는 앞 베란다 돗자리 위로 가서 은지동생 성범이와 블록 쌓기를 하며 재미있어합니다.

은지 친구들은 은지네 집에서 시간 가는 줄 모르고 놀다가 석양 노을이 퍼질 때쯤 집을 나섭니다. 은지가 친구들과 아래층으로 내려가며 콧노래를 부릅니다. 다섯 살인 은지는 5층짜리 17평 우성아파트가 비산1동에서 제일 크고 넓은 줄 압니다.

훌라후프

　여섯 살인 은지는 아파트 동과 동 사이에서 훌라후프를 아주 잘 돌리고 있는 2층 언니가 부러운 듯 내려다보고 있습니다. 시장에 다녀온 엄마가 은지에게 말합니다.

　"부럽니? 너도 할 수 있어. 연습하면 돼."

　은지는 이웃집 언니처럼 할 자신이 없어 대답도 못 하고, 사람들에게 둘러싸여 있는 언니만 계속 바라봅니다. 은지의 뒷모습을 보고 있던 엄마가 금세 문방구에 가서 훌라후프 2개를 사 왔습니다. 엄마는 베란다에서 창밖에 시선을 묶고 있는 은지를 안방으로 데려갑니다.

　은지는 엄마가 시키는 대로 안방에서 훌라후프 돌리기 연습을 시작합니다. 훌라후프는 몇 번을 돌려도 잘 돌아가지 않고 자꾸 흘러내립니다. 엄마는 옆에 서서 은지의 훌라후프를 주워 주기에 바쁩니다. 은지의 이마에 송골송골 맺힌 땀방울이 줄줄 흘러내립니다. 엄마의 얼굴도 은지의 얼굴만큼이나 상기되어 불그레합니다.

　은지는 엄마한테 어떻게 해야 훌라후프가 돌아가는지 설명을 듣지만, 뜻대로 되지 않아 답답합니다. 그래도 포기하지 않고 열심히 훌라후프 돌리기를 연습합니다. 은지의 옷이 땀으로 젖기 시작합니다. 엄마는 거추장스럽다고 은지의 겉옷을 벗기고 속옷만 입힌 채 연습을 시킵니다.

엄마가 포기하지 않고 원심력에 의해 훌라후프가 돌아간다는 과학적 이치를 설명하지만, 은지는 그 원심력을 이해하기엔 너무 어린 나이입니다. 그렇지만 어렴풋이 엄마의 설명을 몸으로 느끼고 있습니다. 옷이 다 젖도록 싸운 끝에 훌라후프를 이기고 만 것입니다.

훌라후프는 시간이 지날수록 은지의 충실한 하인이 되어 은지가 하고자 하는 대로 움직여줍니다. 옆에서 지켜보던 엄마가 기뻐하며 칭찬을 아끼지 않습니다.

"그거 봐라. 하니까 되지? 열심히 노력하는 사람에겐 불가능이란 없는 거야."

이번에는 엄마가 훌라후프를 허리에 걸치고 돌리기 연습합니다. 은지에게 열심히 설명하던 엄마의 모습이 조금 전의 은지 모습과 닮은 꼴입니다. 말처럼 쉽게 되지 않는다는 것을 엄마도 느끼고 있는 듯합니다. 엄마의 이마에 땀방울이 맺히기 시작합니다.

은지는 엄마 옆에서 훌라후프를 여유 있게 돌리며 엄마에게 이리저리해보라고 알려줍니다. 수십 번을 연습한 끝에 드디어 엄마도 훌라후프 돌리기에 성공합니다. 모녀는 안방에서 시합이라도 하듯 오래 돌리기를 하며 행복해합니다.

자신감이 생긴 은지가 분홍색 훌라후프를 들고 밖으로 뛰어나가 아무도 없는 곳에서 신나게 돌립니다. 지나가던 동네 아주머니와 어린 아이들이 모여들기 시작합니다.

은지는 나이에 비해 아주 작은 몸집이기 때문에 키가 큰 2층 언니보다 인기가 많습니다. 아기처럼 작은 몸으로 커다란 훌라후프를 마음대로 돌리자 귀엽다고 한마디씩 하며 혀를 내두릅니다.

어린 은지는 처음으로 뭐든지 열심히 하면 된다는 걸 깨닫습니다.

설날

"까치까치 설날은 어저께고요. 우리우리 설날은 오늘이래요."

일곱 살인 은지는 엄마가 사 온 설빔과 시골에 가져갈 선물꾸러미를 보고 신이 나서 노래 부릅니다.

아빠 차를 타고 시골 할머니 댁에 가는 길은 지루하고 재미없지만, 설날 아침을 생각하면 하루빨리 달려가고 싶은 마음이 굴뚝같습니다.

은지는 명절만 되면 엄마, 아빠가 어느 날 어느 시간대에 가야 도로가 막히지 않을까 고민하는 것을 보며 고생하지 않고 빨리 갈 방법은 없을까 상상해봅니다.

은지가 시골에 갈 때마다 고속도로가 꽉 막혀 잘 움직이지 못하는 차 안에서 멀미로 토하곤 해서 몇 번은 새마을호를 타고 시골에 간 적도 있습니다. 쉽고도 빨리 간 것까지는 좋은데 차를 여러 번 갈아타야 하는 번거로움이 있고, 짐이 많아 고생하기는 마찬가지입니다. 그래도 은지는 멀미하지 않고 아빠 품에 안겨 새마을호를 타고 가는 게 좋습니다.

이번에는 아빠 차로 떠날 모양입니다. 아빠가 퇴근하면 곧바로 출발하기로 했습니다. 예상했던 대로 고속도로 입구에서부터 길이 막혀 가다, 서다를 반복합니다. 은지는 동생과 노래를 부르고 수수께끼 놀이를 하다가 잠이 들었습니다. 가끔 눈을 떠보곤 하지만 어디쯤인지 알 수 없습니다. 아빠가 운전하느라고 고생하는 것을 보면 미안해서 떠들 수도 없습니다.

엄마는 조수석에 앉아 아빠가 졸지 않도록 많은 얘기를 하며 커피도 타서 주고 간식도 끊임없이 챙겨줍니다. 은지는 엄마가 주는 간식을 받아 동생과 나눠 먹으며 빨리 시골에 도착하기를 기다립니다.

자다가 깨기를 여러 번 하는 동안 날이 어둑해졌습니다. 여기저기서 불빛이 어서 오라고 반기는 것 같습니다. 화장실 한번 다녀오는데도 시간이 너무 많이 걸리고, 어디를 가나 사람들뿐입니다.

은지네 가족이 그렇게 길 위에서 긴 시간을 보내고 시골에 도착하면 설음식을 다 장만해놓고 대문 밖에서 기다리던 할머니가 반깁니다. 조용하던 집안이 왁자지껄해집니다. 장만한 음식으로 저녁밥을 먹고 나면 은지는 동생과 집안을 휘젓고 다니며 신나게 뛰어놉니다.

엄마와 할머니가 목기를 닦고, 아빠는 붓펜으로 차례 지낼 지방을 여러 장 써서 잡기장 안에 넣어둡니다. 밤늦도록 차례 준비하는 어른들 곁에서 옛날얘기도 듣고 엄마, 아빠 어렸을 때 얘기도 들으며 늦도록 놀다가 잠이 듭니다.

설날 아침입니다. 언제 왔는지 작은집 식구들이 보입니다. 새벽부터 집안이 분주합니다. 동네 집안 어른들과 아저씨, 삼촌들이 차례를 지내기 위해 제일 먼저 종가인 은지 할머니 댁으로 오기 때문입니다.

엄마는 새벽부터 서둘러 차례상을 준비합니다.

병풍 앞에 큰상 세 개가 놓여 있습니다. 할머니가 담아준 음식을 아빠와 작은아빠가 차례상에 진설하는 동안, 은지는 사촌들과 설빔으로 갈아입고 할머니께 세배할 준비를 합니다.

차례상이 차려지고 식구들이 모여 할머니께 먼저 세배하고, 은지는 사촌들과 함께 아빠와 작은아빠에게도 세배를 합니다. 어른들에게 받은 세뱃돈을 복주머니에 넣자마자 손님들이 집 안으로 들어오기 시작합니다. 큰방이 모자라 거실, 주방에까지 손님들로 가득 찹니다. 발 디딜 틈이 없을 정도로 가득 찬 손님들은 차례를 지내고 아침 식사한 후, 다른 집으로 떠납니다.

시끌벅적하던 집안이 갑자기 조용해집니다. 엄마와 작은엄마가 여러 개의 상을 치우고 설거지를 합니다. 빈 그릇들이 큰 소쿠리에 가득합니다. 엄마와 작은엄마는 할머니한테 세배 오는 분들을 위해 다

과상 차리기를 몇 번이나 합니다. 두 분은 쉴 틈도 없이 또 점심 준비를 합니다. 몇 집을 돌며 차례를 마친 일가들이 은지네 집으로 오기 때문입니다.

은지는 그때부터 여러 할아버지와 할머니, 삼촌들에게 세배하고 세뱃돈을 받습니다. 은지가 설날을 기다리는 것은 잔칫날 같은 분위기도 좋지만, 세뱃돈을 많이 받을 수 있기 때문이기도 합니다.

설 명절 때마다 시골 할머니 댁에 가고 오는 건 고생스러워도 저금 통장이 살찔 기회는 설날뿐이어서 손꼽아 기다립니다.

2. 할머니와 어미 새

입학

여덟 살인 은지는 아침부터 기분이 들떠 있습니다. 그렇게 가고 싶던 학교 입학날이기 때문입니다. 엄마는 입학하는 은지보다 개구쟁이 동생에게 더 신경을 쓰고 있습니다.

은지는 엄마와 동생이 준비하는 동안 새 옷을 입고 거울을 봅니다. 말괄량이 삐삐처럼 양 갈래로 땋은 머리를 들어 올리며 활짝 웃습니다. 은지가 거울 속의 삐삐에게 싱긋 미소를 보내자 삐삐도 입학을 축하한다는 듯이 보조개를 보이며 화답합니다. 은지는 기분이 좋아 콧노래를 부르며 엄마와 동생이 빨리 나오길 기다립니다.

드디어 가족이 집을 나섰습니다. 승강기를 타고 내려가자 옆 동에서도 입학식에 가는 친구들이 엄마 손을 잡고 하나둘씩 나오고 있습니다. 엄마와 은지는 큰길에서 만난 동네 친구들과 인사하느라 바쁩니다. 모두 안양남초등학교를 향해 걷고 있습니다.

은지네 동네는 평촌신도시가 개발되면서 생긴 '샘마을'입니다. 샘마을에는 안양남초등학교와 병설유치원, 대안여중학교, 대안남중학교가 있습니다. 오래전부터 있던 남초등학교 주변에 많은 아파트가 들어섰습니다.

샘마을에 건물이라곤 새로 생긴 갈산동사무소와 평촌성당과 세 개의 상가뿐입니다. 엄마들 사이에서 아이들 키우기도 좋고 마을 안에 학교가 세 개나 있어 교육환경이 좋다고 입소문이 났습니다. 꼬마 은지도 엄마들 말이 옳다고 생각한 것은 학교가 멀지 않고 길도 동네 길이어서 걸어 다니기에 딱 좋기 때문입니다.

남초등학교는 오래된 학교여서 건물은 낡았지만 학교가 크고 운동장이 아주 넓어서 6년 동안 맘껏 뛰놀 수 있을 것입니다.

은지는 엄마와 운동장 입구의 안내석에 입학통지서를 보인 뒤 몇 반인지 확인하고 반을 찾아 운동장 가운데로 갑니다. 입학식에 온 학부모들이 입학생 주변에 빙 둘러서서 입학식을 지켜보고 있습니다.

1학년은 4반까지입니다. 큰 마을에 비하면 학생 수가 많지 않은 편입니다. 담임선생님의 지시에 따라 줄을 서서 앞으로나란히를 하는데 어린아이들이 뒤로 물러설 줄 모르고 제자리에서 웅성거립니다. 선생님들이 옆에 가서 팔을 쭉쭉 펴면서 뒤로 물러나라고 가르칩니다.

입학식이 끝나고 교실로 들어온 은지는 새로운 친구들과 사귈 생각에 가슴이 부풀어 있습니다. 은지 자리는 4분단의 둘째 줄입니다. 키가 작고 안경을 쓴 은지는 뒤로 가지 않아 다행이라며 안도합니다. 짝꿍은 남자아이입니다.

교실에서 「우리들은 1학년」이라는 노래를 배우고, 친구들과 사귀며 재미있게 지냅니다. 담임선생님은 엄마처럼 자상하고 인자합니다. 은지는 좋은 선생님과 친구들, 큰 학교가 마음에 들어 앞으로 학교생활이 즐거울 것이라고 기대에 부풀어 있습니다.

아현동 가스폭발 사고

1994년 12월 7일(수)

초등학교 1학년인 은지는 태권도에 다녀와서 간식 먹는 것도 잊은 채 텔레비전 앞에 서 있습니다. 엄마도 일이 손에 잡히지 않는다며 얼굴이 노랗게 되어 텔레비전에서 눈을 떼지 못합니다.

뉴스 속보는 오후 2시 50분쯤 아현동 지하철공사장에서 도시가스가 폭발하여 발생한 큰불이 인근으로 번지고 있다며 불기둥이 50m 정도 솟아오르는 사고 현장을 보여줍니다.

은지는 송년 가족 모임에서 만났던 아빠 친구 가족이 생각납니다. 아현동 아파트에 살고 있는데 언니들은 괜찮을까 걱정이 되기도 합니다.

저녁에 일찍 퇴근하신 아빠가 그 언니네 소식을 전해줍니다. 직장에서 폭발 소식을 듣고 친구에게 전화해봤다고 합니다. 언니네 아파트뿐만 아니라 주변에 있는 건물들의 유리창이 몽땅 깨지고 녹았지만, 다행히 사람은 다치지 않았다고 해서 모두 안심했습니다.

뉴스 속보는 계속되고 있습니다. 불길이 번져 주변 집들 100채가

타버리고 무너졌으며 죽은 사람과 실종자가 점점 늘고 부상자들도 계속 늘어나 병원으로 실려 가고 있다는 우울한 소식이 전해지고 있습니다.

한 사람이라도 더 구출하기 위해 펌프, 탱크, 구조차, 구급차, 화학차, 조명차, 중장비, 헬기까지 동원되고, 소방대원과 경찰 등 구조대원 500여 명이 애쓰는 모습을 보며 은지는 이럴 때, 슈퍼맨이 나타나서 도와주면 얼마나 좋을까 생각해 봅니다.

아현동 가스폭발 사고 후, 엄마는 가스 불을 확인하고 또 확인하는 버릇이 생겼고, 은지도, 동생도 엄마가 잠가놓은 가스 밸브를 확인하는 것을 잊지 않습니다.

아현동 가스폭발 사고는 은지네 식구들 뿐 아니라, 사람들에게 가스 조심, 불조심을 실천하도록 해줍니다. 학교에서도, 학원에서도 가스 조심해야 한다며 귀가 따갑도록 들려주고도 모자라 포스터와 글짓기까지 시킵니다.

은지는 불은 꼭 필요하지만 잘못하면 정말 위험하다는 것을 가슴으로 느낍니다.

수리산

여름방학이 끝나갈 무렵입니다. 비산동에 사는 작은외삼촌이 외사촌 동생 로미를 데리고 은지네 집으로 왔습니다. 은지와 성범이를 데리고 수리산에 가기 위해서입니다.

은지는 엄마가 준비해준 김밥과 수박, 음료수와 과자를 외삼촌과 나눠 들고 외삼촌 차에 탑니다. 방학이지만 어린 막냇동생 때문에 엄마와 아무 데도 가지 못했던 은지와 성범인 신이 나서 웃고 떠듭니다. 외삼촌 차는 금세 시골 동네처럼 생긴 병목안에 들어섰습니다.

외삼촌은 여러 번 와본 곳이라며 수리산 입구 공터에 차를 세우더니 짐을 모두 꺼냅니다. 무거운 것은 외삼촌이 들고 은지와 성범이에게는 과자봉지와 돗자리를 맡깁니다.

수리산에 처음 와본 은지는 외삼촌 뒤를 따라가며 감탄합니다. 숲이 우거져 하늘이 보이지 않고, 누가 쌓았는지 높은 돌탑 두 개가 반갑게 맞아줍니다. 시원한 바람이 은지에게 인사하며 지나갑니다. 새들이 노래하고 계곡에서 물 흐르는 소리도 들립니다. 외삼촌이 아니었다면 이렇게 멋진 수리산이 가까이 있는 것도 모를 뻔했습니다.

외삼촌은 자갈이 많은 계곡 옆에 돗자리를 펴놓고 은지와 성범이와 로미를 데리고 계곡으로 들어갑니다. 흐르는 물속에는 버들치, 새우, 가재, 매미 유충, 도롱뇽들이 사이좋게 살고 있습니다.

생물에 해박한 외삼촌의 설명을 들으며 계곡에서 재미있게 놀고 있는데 갑자기 소나기가 올 것 같습니다. 외삼촌은 미리 짐을 챙겨 차로 옮깁니다. 차 안에서 김밥을 먹고 있는데 정말 굵은 소나기가 쏟아집니다.

사람들은 비 온다고 모두 가버리고 조용한 숲속에 비 오는 소리만 우렁찹니다. 한바탕 쏟아지던 소나기가 거짓말처럼 그치고 눈부신 햇살이 숲 사이로 고개를 내밉니다. 소나기로 샤워를 마친 나무이파리들이 개운하다는 듯 춤을 춥니다.

은지는 외삼촌을 따라 다시 계곡으로 갑니다. 그새 계곡물이 불어나 콸콸 쏟아져 내려옵니다. 은지는 든든한 외삼촌을 믿고 옆에서 신나게 물놀이를 하며 놉니다. 성범이도 로미도 물속에서 첨벙거리며 즐거워합니다.

은지는 외삼촌과 이리저리 몰려다니는 버들치와 송사리 잡기를 합니다. 외삼촌은 물고기를 잘 잡지만 은지는 서툽니다. 물고기들이 은지를 놀리며 이리저리 잘도 피해갑니다. 은지는 끈질기게 쫓아가서 버들치를 10마리쯤 잡았습니다.

외삼촌이 잡은 물고기를 모두 놓아주자고 합니다. 은지는 아쉬워하며 음료수병에 넣은 물고기를 놓아줍니다. 물고기들이 고맙다고 꼬리를 흔들며 달아납니다.

간식으로 수박을 먹은 뒤 외삼촌이 돌 던지기를 가르쳐 줍니다. 물

위에서 통통 튀는 물수제비뜨기입니다. 은지는 금방 배워서 외삼촌을 따라 합니다. 하지만 역시 어른을 따라잡기는 어렵습니다.

은지는 이렇게 아름다운 곳이 안양에 있다는 게 놀라울 뿐입니다. 외삼촌 덕분에 수리산에 와서 보낸 여름방학을 잊지 못할 것입니다.

남산타워

초등학교 2학년인 은지의 소원이 이뤄지는 날입니다.

토요일 오후, 학교 수업이 끝나고 엄마, 동생과 함께 샘마을 육교 아래에 있는 버스정류장에서 798번 버스를 탑니다. 좌석버스는 인덕원, 비산교, 안양 시내를 돌아서 시흥대로로 향합니다. 갈수록 손님이 늘어나 복잡하지만, 뒷자리에 앉은 은지는 동생과 창밖을 보며 들뜬 마음을 가라앉히고 있습니다.

후암동 이모네 집은 넓은 정원에 잔디가 깔려있고 큰 야자수와 손질이 잘된 화초가 많습니다. 은지 남매는 이종사촌들과 맘껏 뛰놀 수 있는 2층집인 이모네 집을 무척 좋아합니다.

은지는 이종사촌들과 놀 생각에 마음이 설렙니다. 성범이도 이모네 집에 있는 컴퓨터 오락게임 얘기를 하며 쉬지 않고 떠들어댑니다. 조금이라도 더 많이 놀고 싶은 은지의 마음과 다르게 버스는 느림보 거북이처럼 가고 있습니다. 토요일이라 서울 시내가 차로 꽉 막혀 가다, 서다를 반복하더니 간신히 서울역에 도착합니다.

계단을 오르고 골목을 돌고 돌아 이모네 집에 도착했습니다. 초인

종을 누르자 이종사촌들이 먼저 달려 나오고 이모가 활짝 웃으며 반깁니다. 이모 따라 2층으로 올라간 은지는 거실에서 남산타워를 보며 몇 시에 갈 것인지 확인한 뒤 놀이방으로 갑니다. 성범이는 벌써 이종사촌 형과 오락게임에 빠져 있고, 은지는 이종사촌 여동생과 장난감을 가지고 놉니다.

이모가 맛있는 바나나와 오렌지를 갖다주며 한 시간 후에 남산타워로 떠날 것이라고 알려줍니다. 은지는 미니 자동차, 로봇, 레고 등 장난감이 많아 무엇부터 가지고 놀 것인지 선택하기도 어렵습니다. 맘 놓고 실컷 놀고 싶지만, 오늘은 남산타워에 가려고 왔기 때문에 아쉬운 마음을 접을 수밖에 없습니다.

은지는 이모와 엄마가 부르는 소리를 듣고 사촌들과 밖으로 나옵니다. 대문 앞에 택시가 기다리고 있습니다. 신이 난 아이들이 택시에 쪼르르 올라탑니다. 기사 아저씨에게 양해를 구하고 두 가족 6명이 모두 올라탔습니다. 일곱 살인 성범이는 엄마가 안고, 성범이와 동갑인 사촌 여동생은 이모가 안고 탔습니다.

택시가 달팽이처럼 생긴 남산 길을 돌고 돌며 올라갑니다. 토요일 오후의 남산은 사람들로 북적입니다. 관광객들과 외국인들이 눈에 많이 띕니다. 은지네는 먼저 식물원에 들어가 갖가지 식물과 여러 종류의 선인장을 구경하며 한 바퀴 돌고 나와 아이들의 천국인 '환상의 나라'로 들어갑니다.

'환상의 나라'에 들어가자 귀신도 나오고, 거인과 도깨비가 나와 깜짝 놀라게 합니다. 하지만 마지막에 인어공주가 나오고, 유리 미로, 불빛 통로가 있어서 마음이 가라앉습니다. 환상의 나라에서 즐겁

게 보내고 남산타워 전망대로 올라갑니다.

관광객들이 전망대에서 망원경으로 서울 시내를 구경하고 있습니다. 은지도 오백 원짜리 동전을 넣고 망원경으로 한강을 내려다봅니다. 맑은 가을 날씨인데도 하늘이 뿌옇게 보여 답답했지만, 망원경을 돌려가며 전철이 달리는 한강 다리와 63빌딩과 국회의사당을 봅니다. 한강변에 늘어선 아파트들도 한눈에 들어옵니다. 망원경으로 둘러본 서울은 은지가 사는 평촌신도시보다 공기가 안 좋다는 걸 느낍니다.

성범이는 망원경으로 구경하는 것보다 매점에서 팔고 있는 장난감과 아이스크림, 핫도그에 더 관심이 있습니다. 성범이는 엄마와 이모가 사준 간식을 먹고, 은지도 이모가 건네준 아이스크림을 먹으며 회전식당으로 가기 위해 승강기에 탑니다.

은지는 말로만 들었던 회전식당이 어떻게 생겼을까 무척 궁금합니다. 창가 식탁에 앉아 이모가 주문해준 돈가스를 먹고 있는데 창밖의 풍경이 바뀌고 있습니다. 식당이 천천히 돌아가고 있었던 것입니다. 음식을 나르는 아저씨와 언니들이 친절하게 디저트까지 챙겨줘 귀빈 대접을 받는 기분입니다.

어느덧 어둑해지고 서울 시내에 불빛이 반짝이기 시작합니다. 남산타워에서 내려다본 서울야경이 조금 전에 들렀던 환상의 나라처럼 느껴집니다. "와!~ 멋있다." 은지의 감탄에 엄마와 이모가 흡족한 듯 환한 미소를 보냅니다.

더 늦기 전에 내려가자는 이모를 따라서 케이블카 타는 곳으로 갑니다. 한참 기다렸다가 케이블카를 타고 내려가는데 아찔아찔 무섭지만, 휘황찬란한 불빛이 무섬증을 저만치로 밀어냅니다.

은지는 이모 덕분에 소원이던 남산타워 구경을 실컷 하고, 798번 종점인 신세계백화점 앞에서 버스를 탑니다. 무척 즐거웠던 오늘 하루 일을 쓰려면 일기장이 모자랄 것입니다.

생일잔치

　은지는 문방구에서 사 온 카드에 초대할 친구들 이름을 정성스럽게 씁니다. 새 학년이 된 지 얼마 되지 않아 새로 사귄 친구보다 같은 동에 사는 친구와 1학년 때 단짝 친구들이 더 많습니다.

　미술학원이나 피아노학원, 태권도에 다니는 친구들이 많아서 생일잔치는 토요일로 정했습니다. 학교에 들어와 처음으로 하는 생일잔치여서 기대도 되고, 친구들이 오면 무엇을 하며 재미있게 놀 것인지 궁리가 많습니다.

　은지는 친구들에게 초대장을 나눠주고 토요일이 어서 오길 기다립니다. 시간은 달팽이처럼 더디게 기어가고 있어 답답한 마음을 달래기 위해 책을 읽습니다. 그 방법이 제일 좋다는 걸 경험으로 알고 있습니다.

　드디어 토요일입니다. 학교에서 돌아온 은지는 거실에 차려진 생일상을 보고 입이 헤벌어집니다. 엄마 혼자서 언제 준비했는지 커다란 상에 케이크와 바나나, 딸기, 귤 등이 있고, 엄마는 계속 주방에서 떡볶이와 피자를 만들고 있습니다. 조금 후에는 치킨이 배달될 것이라고 합니다.

은지는 현관문을 활짝 열어 놓고 엄마 곁에서 심부름하며 친구들이 오길 기다립니다. 두 시가 가까워지자, 현관문 앞에서 웅성거리는 소리가 들리더니 친구들이 우르르 몰려옵니다. 갑자기 집 안이 북적거리기 시작합니다. 오는 대로 큰 상에 둘러앉습니다. 모두 14명이나 됩니다.

친구들이 케이크 초에 불을 붙이고 생일 축하 노래를 한 다음, 각자 가지고 온 선물을 은지에게 전해줍니다. 은지는 선물을 받을 때마다 고맙다고 인사하며 즐거워합니다.

엄마는 직접 만든 떡볶이와 피자를 커다란 접시에 담아 양쪽 가운데에 하나씩 놓아줍니다. 아이들은 잘 먹겠다고 합창하더니 앞접시에 음식을 갖다 먹기 시작합니다. 치킨도 배달되어 푸짐한 생일상이 되었습니다. 은지 친구들은 생일잔치에 익숙한 듯 주스와 콜라를 일회용 컵에 따라 먹으며 하하 호호 재미있어합니다.

친구들은 은지가 무슨 선물을 받았는지 몹시 궁금해합니다. 은지가 선물꾸러미를 뜯기 시작합니다. 동화책 『클라라와 친구들』, 학용품 선물 세트 가방이 3개, 연필 세트, 지우개, 필통, 자, 수첩 등이 수북이 쌓입니다.

은지가 받은 생일선물은 졸업 때까지 쓰고도 남을 것 같습니다. 은지는 동생과 사촌들에게도 나누어줘야겠다고 생각합니다.

배부르게 먹은 친구들은 놀이터로 가자며 모두 일어납니다. 엄마가 현관에서 배웅하며 놀다가 배고프면 또 와서 먹으라고 합니다. 아이들은 신이 나서 노래하듯이 대답하고 뛰어나갑니다.

은지는 제일 늦게 나가며 생일잔치를 멋지게 해줘 고맙다며 엄마를 꼭 껴안습니다. 은지도 엄마도 뿌듯했던 은지의 아홉 번째 생일을 오래오래 기억할 것입니다.

할머니와 어미 새

　은지는 가족과 함께 시골 할머니 댁에 왔습니다. 차에서 먼저 내린 은지와 동생 성범이가 마당으로 들어가며 할머니를 부릅니다. 앞마당 잔디밭으로 쭉쭉 뻗은 호박넝쿨이 반기며 넓은 이파리를 마구 흔들어댑니다.

　은지가 할머니를 찾아 뒤뜰과 텃밭으로 가보지만 할머니의 모습은 보이지 않습니다. 아빠는 할머니가 선산 옆에 있는 밭에 계실 거라며 엄마에게 산소 갈 준비를 해달라고 부탁합니다.

　엄마가 가족끼리만 아는 비밀장소에서 현관 열쇠를 찾아 열고 들어가 산소에 가져갈 음식과 술, 과일 등을 챙기는 동안 은지는 동생과 아빠를 따라 뒤뜰로 가서 헛간에 고양이가 있는지도 살피고, 예쁜 보라 별꽃과 하얀 별꽃이 만발한 도라지밭에 들어가 포즈를 취합니다. 아빠가 사진을 찍으며 아주 멋진 그림이라고 엄지손가락을 치켜세웁니다.

　은지는 길고양이가 한 마리도 보이지 않아 섭섭하지만, 저녁에는 볼 수 있을 것이라 믿습니다. 항상 그랬듯이 엄마가 음식 찌꺼기를 토방에 갖다 놓으면 고양이 가족이 분명히 찾아올 것이기 때문입니다.

은지는 동생 손을 잡고 엄마, 아빠와 나란히 모내기가 끝난 들판을 가로질러 산소로 갑니다. 푸른 하늘에 뭉게구름이 떠가고, 초록 들판에서는 개구리 합창 소리가 들립니다. 은지는 신이 나서 동요를 부릅니다. 동생이 따라 부릅니다.

"개굴개굴 개구리 노래를 한다. 아들손자며느리 다모여서~" 산들바람이 은지 얼굴을 간질이며 지나갑니다.

걸음이 빠른 아빠가 동생을 데리고 저만치 앞서가고, 은지는 엄마와 손을 잡고 뒤따라가며 엄마 어렸을 적 얘기를 듣습니다. 엄마가 은지만 했을 때 농번기엔 학교에 가지 않고 모내기를 돕거나 보리 베기를 했다는 이야기가 마치 옛날얘기처럼 들립니다.

아빠가 할머니를 만났는지 밭에서 시끌벅적한 소리가 들립니다. 머리에 노란 수건을 쓰고 밭매던 할머니가 할아버지 산소 쪽으로 나옵니다. 은지는 엄마와 함께 할머니 품에 안겨 인사를 하고, 아빠와 동생이 성묘하는 동안 엄마는 가지고 간 과일을 깎아 할머니께 드립니다.

할머니와 엄마는 만난 지 얼마 되지 않는데도 오랜만에 만나는 것처럼 반가워하며 많은 얘기를 나누고 있습니다. 은지가 호미를 들고 장난치자 할머니가 손사래를 칩니다. 연장에 다치면 큰일 난다는 것입니다.

할머니는 조금 남은 밭두렁을 매고 가자며 콩밭으로 들어가고, 은지는 할머니 뒤를 따라가며 동생하고 싸운 얘기며 학교 친구들 얘기를 들려드립니다. 할머니가 은지의 말에 대꾸하며 콩밭을 매고 있는데, 새 한 마리가 저만치 서서 시끄럽게 떠들어댑니다. 할머니는 콩밭 매던 손을 멈추고 앞에서 애타게 지저귀는 새를 보고 말합니다.

"자가 시방 나보고 뭐라고 씨워리는디 무신 사연이 있는갑다. 나한티 뭐라고 허는 모양이여. 어디 보자."

할머니가 조심스럽게 앞으로 갑니다. 어미 새가 자지러지게 지저귀며 할머니 앞에서 하소연하는 것처럼 보입니다. 은지는 긴장하며 어미 새와 할머니의 움직임을 지켜보고 있습니다.

"내고 그라면 그렇지, 니가 알을 까놓고 내가 손댈깨비 그 난리를 친 모양인디. 걱정 말어라. 나도 새끼 낳고 살었는디 니 속을 모르겄냐. 니 맴 다 안당게."

은지는 할머니가 계시는 쪽으로 살살 가봅니다. 그곳엔 아주 작은 새알 5개가 옹기종기 모여 있습니다. 어미 새가 새알을 건드릴까 봐 그렇게 애타게 울부짖었다는 것을 알았습니다.

할머니는 새 둥지를 피해 가고, 어미 새는 안심했다는 듯이 조용히 알을 품고 있습니다. 할머니가 남은 콩밭을 다 매고 나오시며 말씀하십니다.

"시상으나 저런 미물도 지 새끼 다칠깨비 그 난리를 치며 지키는디, 요즘 젊은 것들은 끄떡허면 사네 못 사네 허면서 지 속으로 난 자식도 귀찮다고 고아원에다 버린다면서야. 짐승만도 못한 것들…."

은지네 가족은 어미 새의 모성애에 감탄하며 들판을 걸어옵니다. 아빠는 동생과 할머니 손을 잡고 걸으며 도란도란 이야기를 나누고, 은지는 어미 새를 생각하며 엄마 손에 깍지를 끼고 꼭 쥐어봅니다.

석양이 뒤따라오며 긴 그림자를 남깁
니다.

서울랜드

　은지는 외갓집 가족들과 만나면 무척 재미있습니다. 외할아버지 생신을 기념하기 위해 이모네, 큰외삼촌, 작은외삼촌 가족이 모여 과천 서울랜드에 가기로 했습니다.

　지방에서 올라오는 분들도 있고 서울과 안양에서 가기 때문에 만남의 장소를 과천대공원 분수대 광장으로 정했습니다. 분수대 앞에서 반갑게 만난 15명은 코끼리열차를 타고 서울랜드로 향합니다. 올망졸망한 꼬마들이 8명인데 그중에서 초등학교 2학년인 은지가 제일 큰언니입니다.

　은지는 오랜만에 만난 외사촌, 이종사촌 동생들과 나란히 앉아 어떤 놀이기구를 먼저 탈 것인지 서로 의논하며 신나게 떠듭니다. 코끼리열차는 금세 서울랜드 앞에서 멈춥니다.

　은지는 사촌 동생들과 서울랜드 입구로 달려가고, 엄마는 매표소로 향합니다. 외할아버지, 이모, 큰외삼촌 부부와 작은외삼촌 부부도 은지와 사촌들 옆에 서서 엄마가 오기를 기다립니다.

　드디어 엄마가 입장권과 자유이용권을 가지고 옵니다. 은지는 타고 싶은 놀이기구를 맘껏 못 타봤는데 오늘은 원 없이 탈 수 있다는 생각에 가슴이 부풀었습니다.

사촌들과 먼저 모험의 나라 입구에 있는 '해적소굴'로 갑니다. 해적소굴은 총으로 과녁을 맞히는 놀이기구인데 한 개 맞출 때마다 10점입니다. 지난번에 왔을 때는 60점밖에 못 얻었지만, 오늘은 250점이나 얻었습니다. 해적소굴에서 나와 '회전목마'를 타러 갑니다. 회전목마는 어른, 아이 모두 탈 수 있어 외할아버지, 이모, 외삼촌, 외숙모들도 사촌들과 나란히 타고 달립니다. 엄마는 사진을 찍느라고 정신이 없습니다.

처음 타보는 '개구쟁이열차'와 '다람쥐통'은 위에서 빙글빙글 돌기 때문에 너무 어지럽습니다. '착각의 집'에도 가보고, '비행기'도 타고, '왕문어 춤'도, '박치기 차'도 탑니다. '눈썰매'와 '바이킹'도 탔는데 바이킹 탈 때는 가슴이 졸아드는 기분이어서 무서웠지만, 옆에 외할아버지와 엄마가 계셔서 안심합니다.

'모험관'에서는 큰 스크린을 보고 있으면 상황에 따라 의자가 몹시 흔들리는데 실제로 모험하는 기분이 듭니다. 놀이기구가 많아 그 이름을 잊은 것도 있고, 고장 수리나 점검으로 못 타본 기구도 있고, 시간이 모자라서 못 타거나 타기 싫다고 해서 안 탄 것도 있습니다.

오늘은 특별한 날, 외할아버지 생신 덕분에 많은 놀이기구를 탔습니다. 이종사촌이나 외사촌 동생들도 은지만큼이나 즐거워합니다. 놀이기구 타는 것도 재미있지만 맛있는 것도 맘껏 먹을 수 있는 것도 신이 납니다.

놀이기구를 다 탄 후에는 모두 전망대 식당으로 갑니다. 식당은 전세 낸 것처럼 은지네 친척들로 북적입니다. 식탁 가운데에 케이크를 놓고 사촌들과 서서 외할아버지 생신 축하 노래를 부릅니다. 외할아버지가 기뻐하시며 고맙다고 8명의 손녀, 손자들의 머리를 쓰다듬고 꼬옥 안아주며 훌륭하게 잘 자라라고 덕담을 해주십니다.

　은지는 행복해하시는 외할아버지와 엄마의 4남매 가족이 화목하게 지내는 것을 보며 커서 어른이 되면 동생 가족과 부모님께 잘해드려야겠다고 다짐합니다.

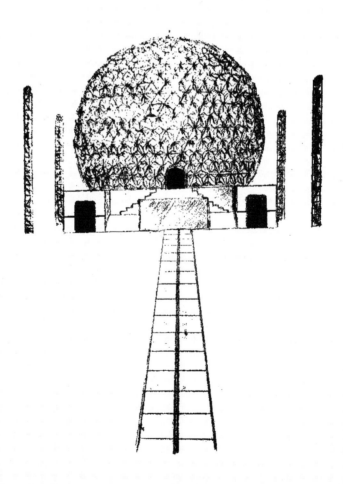

3. 엄마 냄새

비 오는 날
구피가 새끼를 낳고 있어요
삼풍백화점 붕괴 사고
엄마 냄새
크리스마스트리
막냇동생
제주도 여행

비 오는 날

학교 수업이 끝나고 집에 갈 무렵, 갑자기 비가 내리기 시작합니다.
은지 엄마는 항상 기상예보를 보고 미리 우산을 챙겨주시곤 했지만,
날씨의 변덕까지는 예상하지 못했습니다.

은지는 마중 나온 엄마와 함께 집으로 가는 친구들이 부럽습니다.
언제나 그렇듯 엄마는 오시지 않을 것입니다.
만약에 엄마가 집에 없을 경우나 엄마에게 무슨 일이 생길 것을
대비해 스스로 해결할 줄 알아야 한다며 마중 나온 적이
한 번도 없습니다.

어느 땐 엄마 말씀이 이해되다가도 오늘 같은 날은
야속하여 눈물이 나옵니다.
친구들이 하나, 둘 마중 나온 엄마와 떠나고 조용한 복도에서
비 오는 걸 바라보다가 슬슬 나설 채비를 합니다.

복도 끝에서 운동화를 신고 있는데
누군가 은지 앞에 섭니다.
뜻밖에도 엄마가 은지의 노랑 우산과 노랑 장화를 들고
마중 나온 것입니다.

은지는 반갑고 고마운 마음에 눈물이 왈칵 쏟아집니다.
엄마 품에 안겨 훌쩍이다가 책가방과 신발주머니를 들고
앞서가는 엄마를 따라갑니다.

은지의 노랑 우산에 떨어지는 빗소리가
리듬처럼 들립니다.

구피가 새끼를 낳고 있어요

　은지네 집에 새로운 식구들이 생겼습니다. 새 아파트로 이사 온 후 거실 구석에 은지보다 큰 팔각수족관을 들여놓고 여러 종류의 열대어들을 사 온 것입니다. 누구보다도 은지와 성범이가 좋아합니다.

　은지와 성범이는 학교에서 돌아오면 열대어들을 구경하느라고 수족관 앞에 앉아 떠날 줄 모릅니다. 엔젤피쉬, 블랙루비, 수마트라, 구피, 몰리, 샤크, 레온, 쥴리, 무브나…. 외래어로 된 열대어 이름도 벌써 다 외웠습니다.

　형광등이 환하게 켜진 수족관 속의 열대어들이 맑은 물속에서 인조 수초와 산호 사이를 헤치며 같은 종끼리 무리 지어 다니는 모습이 무척 평화로워 보입니다.

　시골에서 한 달에 한 번씩 올라오시는 외할아버지도 수족관을 바라보면 마음이 평온해지고 천국에 온 것 같다며 은지와 성범이만큼이나 좋아하십니다.

　어느 날, 엄마가 시장에서 배가 볼록한 블랙몰리와 구피를 몇 마리 사 왔습니다. 수족관 집 아저씨 말대로 암컷은 부화 용기에 따로 넣고, 수컷은 다른 열대어들과 어울리게 놓아주었습니다.

　그런지 며칠 후의 일입니다. 학교에서 돌아온 은지가 소리 지르며 호들갑스럽게 엄마를 불러 댑니다.

　"엄마, 구피가 새끼를 낳고 있어요. 빨리 와 보세요. 벌써 몇 마리나 낳았어요."

　"물고기가 어떻게 새끼를 낳는다고 그러니?"

　엄마가 의아해하며 달려와 수족관 앞에 앉습니다.

　"어머머, 이럴 수가…. 물고기가 새끼를 낳다니!"

　구피가 새끼 낳는 모습을 지켜보며 놀란 엄마는 입을 다물지 못합니다. 어미 몸에서 빠져나온 깨알 같은 새끼들이 새로운 환경에 적응하기 위해 본능적인 몸짓으로 위아래로 다니며 헤엄을 칩니다. 어미 구피는 호기심으로 가득 찬 여러 눈동자에도 아랑곳하지 않고 계속 몸을 풀고 있습니다.

　은지네 가족은 이삼 초에 한 마리씩 엷은 막을 쓰고 머리 부분부터 나오고 있는 경이로운 광경에 흠뻑 빠져 있습니다. 건강한 새끼는 어미 몸 밖으로 떨어져 나올 때부터 다릅니다. 힘찬 몸짓으로 엷은 막을 문제 없이 뚫고 나와 헤엄치는데, 그렇지 못한 새끼는 막을 뚫지 못하고 바닥에 그대로 가라앉아서 가벼운 몸짓으로 버둥대는 모양이 애처롭습니다.

　불과 몇 분 만에 깨알처럼 쏟아져 나온 수십여 마리의 구피 새끼들 때문에 은지네 집은 환희의 물결로 출렁댑니다.

삼풍백화점 붕괴 사고

1995년 6월 29일(목) 오후 6시 05분.

엄마가 피아노학원에서 돌아온 은지의 가방을 받아주며 놀란 얼굴로 말합니다. 서초동에 있는 삼풍백화점이 무너져 많은 사람이 건물 안에 갇혀 있다고.

은지도 깜짝 놀라 뉴스 속보를 보기 위해 텔레비전 앞으로 가서 한 사람이라도 더 구출하기 위해 애쓰는 장면을 봅니다.

은지네 집 전화벨이 불난 듯 계속 울려댑니다. 친인척들이 염려되어 소식을 묻는 전화입니다. 아빠도 서초동에 있는 직장에서 전화로 소식을 알려왔습니다. 삼풍백화점 부근에 사는 직장동료 가족들이 사고 현장에 갇혀 있다는 우울한 소식입니다.

저녁 시간이어서 쇼핑객은 주로 주부들이었고, 엄마 손을 잡고 따라간 아이도 많다는 소식이 은지의 마음을 아프게 합니다. 또 엄마 잃은 아이들은 어떻게 살까. 엄마 없이는 하루도 못살 것 같은 은지는 엄마의 소중함을 느껴 옆에 있는 엄마 가슴에 파고듭니다. 엄마가 은지를 꼭 껴안아 줍니다.

사고 난 지 얼마 되지 않았는데 벌써 사망자가 16명, 부상자가 200여 명이 된다는 속보가 전파를 탑니다. 갈수록 사상자가 늘어갈 것이라는 소식에 식구들 모두 밥맛을 잃었습니다.

뉴스 속보는 밤새도록 이어지고 있습니다. 1994년 10월 21일 출근 시간에도 성수대교가 무너져 등교하던 무학여고 학생 9명과 23명의 사망자, 17명의 부상자가 나왔습니다. 성수대교 대참사는 해외에도 크게 알려져 나라 이미지가 땅에 떨어졌었다며 엄마가 한숨을 내리쉽니다.

성수대교 붕괴의 충격에서 벗어나기도 전에 또 1994년 12월 7일에 아현동 공사장에서 도시가스가 폭발해 국민들은 또 한 번 놀란 가슴을 쓸어내려야 했습니다. 그런데 또 대형 사고가 발생한 것입니다.

삼풍백화점 주변 사람들까지 모두 대피했고, 노란 조끼 입은 봉사대원 엄마들이 119구조대원 아저씨들에게 식사를 챙겨주는 모습이 텔레비전 화면에 보입니다.

은지는 이럴 때 슈퍼맨이라도 나타나서 철근이나 콘크리트를 들어 올려 많은 사람을 구할 수 있다면 얼마나 좋을까 하는 안타까운 마음뿐입니다. 은지가 할 수 있는 일이라곤 엄마를 따라서 불우이웃돕기 성금을 내는 것이 고작입니다.

2명의 오빠와 한 언니가 무너진 건물 잔해 속에 갇혀 있다가 11일, 13일, 16일 만에 각각 구조되는 장면이 생중계되어 보는 사람들의 손에 땀을 쥐게 했습니다. 삼풍백화점 붕괴 사고로 502명의 사망자와 937명의 부상자, 6명의 실종자와 약 2,700여억 원의 재산 피해를 냈다고 합니다.

은지는 무서운 삼풍백화점 붕괴 사고 뉴스를 보면서 다시는 이런 일이 일어나지 않길 간절한 마음으로 빕니다.

엄마 냄새

　은지는 욕심꾸러기인 엄마에 대한 불만이 많습니다. 은지가 할 일을 해놓고 놀려고만 하면 딴짓만 하지 말고 공부 좀 해라, 언제까지 그렇게 펑펑 놀기만 할 거냐고 나무랍니다.

　은지처럼 공부만 하는 애들도 없는데 하루에 1, 2시간 정도는 친구들과 어울려 놀게 해주면 안 되는지 따지고 싶지만, 화내면 무서운 엄마라 말도 못 하고 답답할 때가 많습니다.

　엄마는 시험 볼 때, 최선을 다하면 괜찮다고 하면서 막상 점수를 받아오면 어쩌고저쩌고하며 잔소리를 많이 합니다. 그렇다고 항상 엄마가 얄미운 것은 아닙니다. 불만이 가득 찼다가도 학교에 다녀오면 은지의 가방을 받아주고 30초씩 안아주기 할 때는 전혀 다른 엄마가 됩니다. 어미 닭이 병아리를 따뜻하게 품듯이 안아주면 엄마 냄새가 온몸에 가득 전해옵니다. 그동안 쌓인 불만이 거짓말처럼 말끔히 사라집니다.

　엄마는 은지와 성범이가 학교에 가고 올 때나 학원가기 전에, 자기 전에도 항상 그렇게 안아주며 뽀뽀를 해줍니다. 은지네는 가족이 집을 나갈 때나 들어왔을 때 다 함께 안아주기를 하기 때문에 아무리 화난 일이 있어도 금세 다 풀어지고 맙니다.

엄마는 어렸을 때, 외할머니와 떨어져 살면서 엄마 냄새가 그리워 많이 울었다면서 은지와 성범이에게 엄마 냄새를 실컷 맡을 수 있도록 해줍니다. 어느 날은 엄마 냄새에 취해 있다가 승강기를 놓치기도 하지만 아기가 된 것 같고, 햇병아리처럼 엄마 품에 안기기를 좋아합니다.

따뜻하고 포근한 엄마 품에 안겨 엄마의 심장 소리도 듣고 엄마 향기를 맡으면 설명할 수 없을 정도로 기분이 좋아집니다. 이 세상이 무너진다 해도 두렵지도 무섭지도 않을 것입니다.

은지와 성범이는 엄마 품에 안겨 엄마 냄새를 오래도록 맡으며 엄마의 사랑을 느낍니다.

크리스마스트리

주일예배가 끝나고 찾아간 볼링
장에서 엄마, 아빠가 점심 내기를
합니다. 은지는 아빠를 응원하고
성범이는 엄마를 응원하지만, 보
나 마나 아빠가 이길 것입니다. 엄
마는 아빠의 실력을 알면서도 항상
무리하게 도전합니다.

승자인 아빠의 요구대로 점심 식
사하기 위해 백화점으로 갑니다. 백화점은 크리스마스를 앞두고 있
어서 사람들로 북적입니다. 은지네 가족은 은지가 좋아하는 자장면
을 먹고 쇼핑합니다.

은지는 수족관 앞에서 자유롭게 헤엄치는 열대어를 구경하다가 엄
마의 허락을 받고 수마트라와 구피를 고릅니다. 투명 비닐봉지에 담
아준 열대어를 손에 들고 크리스마스 장식용품점 앞에 섭니다. 사람
들이 많이 몰려 있습니다. 은지는 엄마가 트리를 고르는 동안 옆에서

맘에 드는 예쁜 모양의 트리 장식을 고릅니다.

크리스마스트리를 사 온 은지네 가족은 거실에 둘러앉아서 장식하느라 분주합니다. 진짜 같은 조립식 트리를 세워놓고 줄기 막대에 이파리를 끼워 맞추기하여 거실에 놓으니 마치 숲속에 앉아 있는 기분입니다. 가짜 나무가 아빠 키보다 더 커 보입니다.

트리에 크고 작은 별과 금 종, 은 종, 악기 방울, 은 지팡이, 금박지로 만든 선물상자를 매달고 빨강, 파랑, 초록, 주황색의 긴 반짝이로 장식합니다. 마지막으로 알록달록한 꼬마전구를 트리 위에서부터 S자로 감았습니다. 예쁘고 멋진 크리스마스트리가 탄생했습니다.

아빠가 완성된 트리를 현관 입구로 옮기고 꼬마전구 스위치를 누릅니다. 여러 색깔의 불빛이 반짝반짝 빛을 내며 깜박입니다. 마치 환상의 나라로 들어온 것 같습니다.

은지가 멜로디 스위치를 누르자 크리스마스 노래들이 나옵니다. 꼬마전구들이 노래에 맞춰 깜빡깜빡하며 춤을 추고, 은지도 동생과 함께 노래를 따라 부르며 신나게 춤을 춥니다.

엄마, 아빠가 크리스마스트리 앞에서 춤추며 즐거워하는 은지 남매에게 행복한 미소를 보내고 있습니다.

막냇동생

엄마 배가 갈수록 남산만 해지고 있습니다. 소파에 앉아 계시는 엄마의 커다란 배가 텔레비전 프로보다 더 재미있습니다. 아기가 엄마 뱃속에서 운동할 때마다 파도처럼 출렁이는 커다란 배 모양이 신기합니다.

볼록한 엄마 배에 귀를 대고 있으면 아기가 밖으로 나오고 싶다며 신호를 보냅니다. 한쪽 배가 혹처럼 볼록 나오면 은지와 성범이가 얼른 손으로 누릅니다. 뱃속의 아기가 반대쪽으로 가서 볼록 내밉니다. 밖에 있는 가족을 알아보는 것 같습니다. 은지는 어떤 동생이 태어날 것인지 몹시 궁금하여 어서 빨리 그날이 오길 기다립니다.

여름방학이 끝나갈 무렵입니다. 엄마가 병원에 입원하고 시골에서 외할머니가 올라오셨습니다. 엄마와 떨어져 지내본 적이 없는 은지와 성범이는 겁이 나지만 외할머니가 곁에 계셔서 안심합니다. 은지네 외할머니는 시간만 나면 엄마가 무사히 동생을 낳을 수 있도록 기도합니다.

드디어 막냇동생이 태어났습니다. 휴가를 내고 엄마와 함께 병원에 가셨던 아빠가 아주 건강한 남동생이 태어났다고 전화로 알려왔습니다. 은지는 아빠 전화를 받고 동생 성범이와 소리 내어 엉엉 웁니다. 갑자기 엄마가 보고 싶어서입니다.

병원에서 오신 아빠를 따라서 산부인과로 간 은지와 성범이는 엄마 얼굴을 보자마자 또 눈물이 나옵니다. 엄마가 우는 은지와 성범이를 꼭 껴안고 달래주며 동생을 보라고 합니다. 그렇게 보고 싶던 동생이 조용히 자고 있습니다.

은지 남매는 엄마 뱃속에서 축구했던 동생을 유심히 봅니다. 코와 이마는 은지를 닮고, 보조개는 아빠, 귀와 입은 성범이, 눈은 엄마를 닮았습니다. 아빠는 삼 남매의 아기 때 모습이 똑같다고 이야기합니다.

쌔근쌔근 자고 있던 막냇동생이 누나와 형이 온 것을 눈치챈 듯 움직이더니 울음으로 첫인사를 합니다. 엄마가 동생을 안고 젖을 먹입니다. 태어난 지 몇 시간 안 되었는데 엄마 품에 안겨 젖을 힘차게 빠는 모습이 신기하고 인형처럼 작은 아기가 무척 귀엽습니다.

은지와 성범이가 엄마 옆에 앉아서 동생에게 장난을 겁니다. 꼭 쥔 주먹을 펼치려고 하지만 힘이 세 잘 펴지지 않습니다. 간신히 펴서 손가락을 넣어주자 아기가 꼭 쥡니다. 반갑다고 인사하는 것 같습니다. 작은 발도 만져봅니다. 아기는 간지럽다는 듯이 움츠립니다. 머리카락도 만져보고 눈썹, 눈, 코, 입을 자세히 살펴볼수록 동생이 귀엽습니다.

배가 부른 막냇동생은 또 잠을 잡니다. 은지와 성범이가 자는 동생을 보며 아쉬워하자 아기들은 먹고 자고 먹고 싸고 하며 무럭무럭 자라는 것이라고 엄마가 말씀해 주십니다.

　은지와 성범이는 엄마랑 동생 옆에서 지내고 싶지만, 엄마가 쉬어야 빨리 낫는다고 해서 아빠를 따라 집으로 옵니다. 은지는 엄마 없이 일주일을 지내야 한다는 생각에 또 눈물이 나옵니다. 하지만 은지가 울면 동생 성범이도 따라 울기 때문에 꼭 참습니다.

제주도 여행

은지는 생전 처음으로 비행기 탈 생각에 가슴이 설렙니다. 방학 때마다 외국 여행 다녀왔다며 친구들이 선물을 주곤 해서 무척 부러웠는데, 은지도 드디어 비행기를 타게 된 것입니다.

아빠가 5월 어린이날을 끼고 봄 휴가를 냈습니다. 막냇동생까지 다섯 명인 은지네 가족이 제주도에 가는 날입니다. 이른 아침에 여행 준비를 마친 은지네는 옆집 아저씨의 택시를 타고 김포공항으로 갑니다.

김포공항은 이른 시간이어서인지 사람이 붐비지 않고 텔레비전에서 본 것처럼 깨끗하고 조용합니다. 비행기 타기 전에 시간이 남아 아빠랑 옥상 전망대도 가보고, 아빠가 사주신 햄버거를 먹으며 비행기 탈 시간을 기다립니다.

드디어 그렇게도 기다리던 비행기에 올라탔습니다. 이륙할 때 비행기가 흔들리더니 어지럽기 시작합니다. 은지는 창밖도 못 보고 엄마 무릎을 베고 누웠습니다. 조금 있으니 어지럼증이 가라앉아 일어나서 창밖을 봅니다. 비행기가 뭉게구름 속으로 날아갑니다. 상상 속에서만 날아봤는데 진짜 하늘을 날고 있습니다. 몸이 공중에 뜬 기분입니다. 착륙할 때도 어지러웠지만 무사히 제주도에 도착했습니다.

은지네 가족은 기다리고 있던 렌트카를 타고 계획대로 먼저 점심 식사부터 합니다. 그리고 관광길에 나섭니다. 용머리처럼 생긴 용두암에 가서 사진도 찍고 해녀들이 팔고 있는 해산물을 구경하며 바닷가에서 재미있게 놉니다.

사진을 찍으려고 막냇동생을 울퉁불퉁한 바위 위에 내려놓자, 겁에 질려 울어댑니다. 아빠가 우는 동생을 안고 은지와 성범이와 함께 용두암을 배경으로 서있자 엄마가 비디오로 촬영해줍니다. 은지는 바닷바람을 맘껏 쐬며 자연을 맛봅니다.

다음 코스는 협재해수욕장입니다. 모래가 부드러워 모두 신발을 벗고 바닷물을 향해 걸어갑니다. 은지는 성범이와 모래 장난하며 놀다가 파도에 옷을 다 적셨습니다. 그래도 신이 나서 바닥이 훤히 보이는 바닷물에 들어가 첨벙첨벙 장난치며 놉니다. 은지는 막냇동생과도 놀고 싶은데 아직 아기여서 아빠 멜빵에서 나올 줄을 모릅니다.

가족을 태운 관광차는 산방산과 중문단지와 한라산 1,100m 고지로 데려다줍니다. 아기가 있어서 등산은 하지 못하고 중턱에서 놀다가 내려옵니다. 길마다 많은 관광객이 가득 메우고 있어 사람 구경하는 것도 재미있습니다.

은지는 말로만 들었던 제주도가 깨끗하고 아름다워 외국처럼 느껴집니다. 은지네 가족은 시설이 잘된 숙소에서 식사도 하고, 하루 동안의 피곤을 씻어내기 위해 꿈나라로 갑니다.

둘째 날입니다. 아침 식사를 마치자, 렌트한 관광차가 제일 먼저 정방폭포로 안내합니다. 바다로 떨어지고 있는 정방폭포의 물줄기가 무지개를 만들며 힘차게 쏟아져 내리고 있습니다. 은지는 성범이와 이리저리 뛰어다니며 물보라를 맞아보기도 하고, 예쁜 옥돌을 찾으며 돌아다닙니다.

사람들이 밀려오고 있습니다. 은지는 엄마가 찍어주는 사진과 비디오 촬영을 위해 여러 포즈를 취합니다. 정말 멋진 풍경입니다. 정방폭포 주변의 상가에서 팔고 있는 예쁜 해옥이 갖고 싶다고 했더니 아빠가 한 봉지에 2,000원 하는 해옥을 사줍니다. 은지는 친구들에게 하나씩 선물로 줄 생각입니다.

은지네 가족은 천지연폭포, 외돌괴, 한라산 국립공원을 다니면서 사진도 찍고 비디오도 찍으며 추억을 저장합니다. 은지는 외돌괴에서 친한 친구에게 줄 선물로 금색 모래시계, 하르방 열쇠고리를 삽니다. 분홍빛 구슬로 된 목걸이 지갑도 사고 싶었지만, 지갑을 집에 놓고 와 어쩔 수 없이 포기합니다.

엄마가 많이 돌아다녔는데도 짜증 내지 않고 잘 지냈다고 칭찬해주며 흐뭇해합니다. 은지와 성범이는 기분이 좋아 분명히 아빠가 맛있는 걸 사주실 거라고 기대합니다. 역시나 아빠는 은지와 성범이가 사달라고 한 음식과 과자, 아이스크림을 사줍니다.

또 하루가 훌쩍 지나갑니다.

마지막 날은 관광하지 않고, 엄마는 막냇동생과 숙소에서 쉬고 은지와 성범이는 아빠를 따라 숙소의 실내 수영장에 갑니다. 수영장에서 실컷 놀다 온 은지는 숙소로 돌아와 떠날 준비를 합니다.

비바람 때문에 비행기를 못 탈 줄 알았는데 다행히 은지네 가족이

탄 비행기까지만 이륙하고 이후의 비행기는 기상악화로 연기된다는
안내방송을 듣고 가족은 안도의 숨을 몰아쉬며 서울로 가는 비행기
에 오릅니다.

　정말 즐거웠던 2박 3일간의 제주도 여행은 3학년인 은지의 추억 속
에 오래오래 저장될 것입니다.

4. 할머니가 들려준 이야기

짝꿍
체벌
컴퓨터
플레이타임
화분이 깨졌어요
할머니가 들려준 이야기

짝꿍

3학년이 된 은지는 2학년 때 단짝 친구들과 같은 반이 되지 않아서 몹시 섭섭합니다. 다행히 앞 동에 사는 훈이가 짝꿍이 되어 은지의 섭섭한 마음이 가라앉고 있습니다.

훈이는 미국에서 살다 와서 아직 한국 생활이 서툽니다. 수업 시간에도 무슨 말인지 이해하지 못하는 경우가 많고, 알림장 같은 걸 쓰는 것도 제대로 하지 못해 옆에서 항상 은지가 도와주어야 합니다. 은지는 짝꿍을 위해 뭔가 할 수 있다는 것이 마음에 들고 보람도 있습니다.

한국의 모든 것이 낯설고 어색한 훈이는 짝꿍 은지가 눈높이에서 자상하게 설명해주니 은지에게 의지하고, 은지는 훈이와 많은 시간을 보내기 때문에 헤어진 단짝 친구들 생각이 조금씩 밀려나고 있습니다.

은지는 훈이와 짝꿍이 된 후, 상가에서 훈이 엄마를 만났습니다. 훈이 엄마는 은지에게 훈이를 도와줘서 고맙다며 언제 한 번 집으로 초대하겠다고 괜찮은 시간이 언제인지 묻습니다. 은지는 어른에게 정식으로 초대받으니 갑자기 어른이 된 기분입니다.

은지는 엄마의 허락을 받고 토요일 오후로 시간약속을 잡았습니다. 훈이 엄마를 만난 후, 은지와 훈이는 더 친해졌습니다. 은지가 누나처럼 자상하게 훈이를 챙기며 보살펴줘서인지 훈이가 학교생활에 적응을 잘해가고 있습니다.

드디어 기다리던 토요일 오후입니다. 은지는 훈이를 따라 앞 동으로 갑니다. 현관에 들어서자 맛있는 냄새가 진동합니다. 미국에서는 아들이나 딸에게 이성 친구가 생기면 정식으로 초대하여 음식을 대접하는 풍습이 있다고 훈이가 귀띔해줍니다.

은지는 훈이 엄마, 아빠, 동생의 환영을 받으며 안으로 들어갑니다. 치과의사인 훈이 아빠는 은지에게 훈이가 학교생활을 재미있게 할 수 있도록 친절하게 도와줘서 고맙다며 선물꾸러미를 줍니다. 훈이 동생도 은지를 반기며 좋아합니다.

식탁에는 은지가 처음 보는 음식이 차려져 있습니다. '스파게티'라는 것인데 처음엔 냄새가 이상하더니 먹을수록 입맛을 돋워줍니다. 은지가 좋아하는 치즈가 듬뿍 들어 있어서 곧 스파게티 맛에 익숙해집니다. 파인애플, 바나나, 멜론, 귤 등 여러 가지 과일이 커다란 접시에 장식품처럼 차려져 있고, 훈이 엄마가 만든 맛있는 쿠키도 있습니다.

은지는 훈이와 함께 과일과 간식을 먹으며 처음 보는 장난감을 가지고 재미있게 놉니다. 훈이네 집에는 한국에서는 보기 힘든 미국 물건들과 장난감이 많이 있습니다. 텔레비전에 연결한 오락 게임기도 있고, 소리 나는 악기 장난감도, 여러 가지 꼬마자동차며 로봇도 모두 신기한 것뿐입니다. 은지는 훈이가 가르쳐 준 전자 오락게임에 빠져 시간 가는 줄 모르다가 시계를 보고 깜짝 놀랍니다.

은지는 엄마와 약속 시간을 지키기 위해 아쉬움과 미련을 남긴 채 훈이네 집을 나섭니다. 훈이 엄마, 아빠가 현관에 나와 배웅해주며 훈이를 잘 부탁한다고 말합니다. 은지는 어른들에게 믿음을 주고 대접받는 기분이 마치 숙녀가 된듯합니다.

집에 돌아온 은지는 훈이네 집에서 있었던 얘기를 엄마와 동생 앞에서 자랑스럽게 들려줍니다. 성범이가 은지를 부러워하고 엄마는 흐뭇해하며 미소를 머금습니다.

체벌

은지는 두 살 아래인 동생 때문에 엄마한테 혼나는 일이 많습니다. 태권도에 함께 다니며 좋을 때도 있지만 개구쟁이 동생이 귀찮게 할 때는 미워서 때려주고 싶습니다.

오늘도 태권도에 다녀오다가 승강기에서 서로 먼저 내리겠다고 밀다가 싸우게 되었습니다. 성범이가 제 성질에 못 이겨 현관문 앞 바닥에 엎드려서 울었는데 마침 엄마가 그 광경을 보았습니다. 엄마는 은지 남매에게 싸운 이유를 묻고 손바닥 5대씩 때립니다. 은지는 동생보다 10대나 더 맞았습니다.

이유는 다른 것에도 있었습니다. 평소에 정리 정돈도 안 하고, 할 일을 자꾸 뒤로 미루고, 학교 수업 시간에 딴짓한 걸 모아 한꺼번에 벌을 준 것입니다.

엄마가 학교에서 있었던 일을 어떻게 아셨을까 궁금했는데 금방 알게 되었습니다. 은지의 알림장을 본 것입니다. 알림장 내용의 맞춤법이 틀린 이유는 정신을 다른 데 두고 있어서라고 판단한 것입니다.

은지가 대여섯 살 때부터 가장 많이 들어온 엄마의 잔소리입니다.

해찰하는 시간을 모으면 얼마나 많은 시간인데 그 아까운 시간을 허비하는 것은 아주 나쁜 습관이라며 '세 살 버릇 여든까지 간다.'는 속담은 어린 은지의 귀가 따가울 정도로 들었습니다.

그리고 은지 남매가 싸울 때마다 앉혀 놓고 누나니까 "너그럽게 이해해라." 동생에게는 "누나 성질 좀 건드리지 말라."고 수없이 말씀하시며 앞으론 잘잘못을 떠나 싸우면 무조건 함께 벌을 주겠다고 한 약속을 지킨 것입니다.

은지는 매를 맞으면서 자신의 잘못을 뉘우칩니다. 동생이 '돼지똥구멍'이라고 해서 싸운 일이며, 수업 시간에 다른 책을 읽거나 해찰한 일을 반성하고, 그날 할 일은 그날에 하고, 정리 정돈도 잘할 것이며 앞으로는 동생을 아끼고 사랑하는 아주 다정한 누나가 되겠다고 결심합니다. 그리고 책에서 읽은 것처럼 화를 잘 내는 한국인이 되지 않겠다고 다짐합니다.

컴퓨터

1996년, 은지네 집에 컴퓨터가 생겼습니다. 엄마가 교육청에서 한 달 동안 컴퓨터 교육받고 수료증을 받아온 날, 아빠가 286 중고 컴퓨터를 사 오신 것입니다. 은지와 성범이는 컴퓨터가 신기하여 날마다 연습하고 있는 엄마 어깨너머로 윈도우를 익힙니다.

엄마는 반장인 은지 덕분에 학부모 대상으로 하는 컴퓨터 교육을 받았다며 은지에게 해보라고 자리를 비켜줍니다. 호기심이 많은 은지는 혼자서 이것저것 만져보고 자판을 익히기 위해 엄마가 가르쳐 준 대로 한글과 알파벳 연습을 합니다. 연습을 하면 할수록 손이 빨라지는 게 신기하고 재미있습니다.

훈민정음에 들어가 일기를 써서 저장하고 종료했다가 다시 들어가 인쇄도 해봅니다. 갈수록 자신감도 생겨 좋은데 할 일을 안 하고 컴퓨터 앞에만 있다며 엄마한테 혼나는 날이 늘어갑니다. 은지는 컴퓨터 할 욕심에 제일 먼저 할 일을 후닥닥 해놓는 버릇이 생겼습니다.

3학년인 은지는 1학년 때 써서 상금까지 받았던 글「살쪄가는 저금통장」을 자판기로 입력해서 컴퓨터에 저장하고, 일기와 동시도 자판기로 찍어서 저장합니다. 은지가 컴퓨
터 앞에 앉을 때마다 1학년인 성범이
가 누나만 하냐고 샘 부리며 떼를 씁니
다. 남매는 다투면서도 오락게임 연습
할 때는 사이좋게 의논하며 실력을 쌓
아갑니다.

은지와 성범이가 날마다 컴퓨터 앞에
앉아서 많은 시간을 보내다가 엄마한
테 벌을 받습니다. 컴퓨터 사용금지령
이 떨어진 것입니다. 은지와 성범이는 서재에 들어가지 못하자 틈만
나면 컴퓨터와 오락게임 얘기로 많은 시간을 보냅니다.

작은 일에도 티격태격하던 남매가 컴퓨터 얘기할 때만은 한마음이
됩니다. 은지와 성범이는 엄마 눈치 안 보고 오락게임을 실컷 해보는
게 소원입니다.

오락게임을 하지 못한 지 넉 달째 되는 날입니다. 금지령이 풀리자
은지는 한동안 잊고 있던 컴퓨터게임이 생각나서 서재로 들어갑니
다. 성범이도 따라 들어갑니다. 둘은 사이좋게 앉아서 게임을 시작
합니다.

은지는 너무 오랜만이라 어떤 버튼을 눌러야 하는지 잊어버렸는데
성범이가 옆에서 알려줍니다. 처음부터 다시 시작합니다. 전에 했던
게 조금씩 생각이 나고 갈수록 게임 속도가 빨라집니다. 그동안 쌓인
스트레스가 훌쩍 달아나 후련합니다.

컴퓨터 오락게임은 은지보다 성범이가 더 잘합니다. 할 일을 다 해

놓았을 때만 한 시간씩 해도 된다는 엄마의 허락을 받고 하는 컴퓨터입니다. 은지는 게임은 저만치 밀어놓고 그림 그리기도 하고, 예쁜 그림을 찾아 넣기도 하며 여러 가지 기능을 익히려고 아이콘을 클릭합니다. 알면 알수록 커가는 호기심은 은지의 꿈속에서도 나타납니다.

은지의 컴퓨터에 대한 호기심은 학교 상설특활부로 직행하여 나우누리로 PC통신을 배우며 또 다른 세계에 빠져듭니다.

플레이타임

　은지가 교문 앞에서 받아온 책받침 앞뒤로 평촌에 새로 생긴 "플레이타임" 이라는 곳의 광고가 가득합니다. 여러 놀이기구가 많고 어린이들이 실컷 놀 수 있으며 생일파티도 환영한다고 쓰여 있습니다. 처음 보는 놀이기구와 맘껏 뛰놀 수 있다는 광고가 은지의 호기심을 부추깁니다.

　은지는 2학년 때 작은외삼촌을 따라서 백화점 안에 있는 "플레이타임"에 가본 적은 있습니다. 서울 구로동에 있는 백화점 안의 "플레이타임"은 부모가 쇼핑하는 동안 어린이들이 놀 수 있도록 만든 곳이었습니다. 처음 가본 곳이라 신기했지만, 돈을 내지 않는 곳이어서인지 은지에게 강한 인상은 남겨주지 못했습니다.

　그런데 책받침에 소개된 "플레이타임"은 입장료를 내는 대신 어린이들이 좋아하는 음식을 준비해서 생일잔치 이벤트도 해주고 기념사진도 찍어주며 놀이기구도 전에 가본 곳보다 많습니다.

　은지는 책받침 광고를 본 지 얼마 되지 않아 친구의 생일에 초대되었습니다. 친구의 엄마 차로 "플레이타임" 도착한 은지와 친구들은 풍선으로 장식한 생일잔치 이벤트를 보고 놀랍니다.

피에로 복장의 아저씨가 사회를 보고 케이크, 음료수, 과일, 프라이드치킨, 떡꼬치, 사탕, 과자 등으로 푸짐하게 차려진 멋진 생일잔치입니다. 각자 가져온 생일선물을 주고 생일 축하 노래가 끝난 다음에 친구들과 음식을 맛있게 먹습니다.

은지는 맛있는 음식보다 놀이 공간에 마음이 갑니다. 친구들과 음식을 먹자마자 놀이 공간으로 들어가서 신나게 놉니다. 무지개바다, 타잔놀이, 달팽이미끄럼, 우주탐험 등 무엇 하나 재미없는 것이 없습니다. 작년에 외삼촌과 갔던 "플레이타임"과는 비교도 안 될 만큼 넓고 재밌는 곳입니다.

은지는 친구들과 신나게 놀았지만 짧은 시간이 아쉽기만 합니다. 더 놀고 싶은 마음을 누르고 다음에는 동생들과 함께 와야겠다고 생각하며 친구들과 플레이타임에서 나옵니다.

책받침 광고에서 보았던 곳에 가볼 수 있었다는 것도, 친구들과 실컷 놀 수 있었던 것도 은지의 기억에 오래 남을 것입니다.

화분이 깨졌어요

초등학교 3학년인 은지는 다른 친구에 비해 키가 작은 편입니다. 키만 작을 뿐이지 독서를 많이 해서 아는 게 많고 체격도 태권도로 다져져 야무진데다가 공부도 잘하기 때문에 언제 어디서든 당당합니다.

남자 급우들이 키 작다고 잘못 건드렸다가 큰코다치는 일이 종종 있습니다. 뭐든 지는 걸 못 견뎌 하는 은지는 한 번 맞으면 기어이 되갚아 주고야 맙니다. 도망가면 운동장 끝까지 쫓아가기 때문에 누구도 함부로 하지 못합니다.

은지가 제일 싫어하는 것은 남자와 여자를 차별하는 것이어서 친구와 놀 때도 남자아이처럼 놀 때가 많습니다.

학교에서 돌아오는 길입니다. 은지는 친구들과 뒤로 돌 던지기를 하며 누가 멀리 던지나 내기를 합니다. 처음엔 아주 작은 돌멩이를 찾아 던지다가 점점 큰 돌멩이로 던지기를 합니다.

찻길이지만 동네 길이어서 지나가는 차가 많지 않습니다. 신이 난 은지는 좀 더 큰 돌멩이를 찾아 힘껏 던집니다. "쨍그랑" 소리가 은지를 놀라게 합니다. 뒤돌아보니 길거리에서 팔고 있는 빈 화분이 깨졌습니다. 그것도 아주 큰 화분입니다. 와락 겁이 난 은지가 "으악, 어떡하지?" 하며 웁니다. 화분 파는 아주머니와 아저씨가 달래주면서 원가로 받겠다고 말합니다.

은지는 엄마한테 혼날 것도 걱정되고 개구쟁이처럼 길에서 행동한 것이 후회되기도 합니다. 눈물이 마르지 않은 채 집에 들어온 은지는 엄마에게 학교에서 오다가 화분 깬 얘기를 합니다.

엄마는 사람이 다치지 않아서 다행이라며 화분값이 얼마인지 묻습니다. 몹시 화내며 혼낼 줄 알았는데 엄마는 오히려 놀란 은지를 달래며 꼬옥 안아줍니다.

엄마는 은지와 함께 가서 화분값을 물어주고 오면서 제과점에 들러 맛있는 빵까지 사줍니다. 은지는 고맙고 죄송한 마음에 엄마를 부릅니다.

"엄마, 죄송해요. 다시는 그런 일 없도록 조심할게요."

알았다는 듯 엄마가 은지의 손을 꼭 쥐어주며 활짝 웃습니다. 엄마 손이 유달리 따뜻하게 가슴까지 전해옵니다.

할머니가 들려준 이야기

　은지가 엄마 아빠를 따라서 시골 할머니 댁에 가는 걸 좋아하는 이유는 여러 가지입니다. 아파트인 집에서는 아랫집에서 시끄럽다고 하여 뒤꿈치를 들고 다녀야 하지만 시골집에서는 마음껏 뛰어놀아도 누가 나무라지 않아서 좋고, 거실에 앉아서 서산마루에 걸터앉은 해를 바라보는 것도 놓칠 수 없는 구경거리입니다. 거기에다 빼놓을 수 없는 또 하나의 재밋거리는 저녁밥을 먹고 난 후에 할머니가 들려주시는 옛날얘기입니다.

　은지의 할머니는 이야기꾼입니다. 듣고 또 들어도 끝날 줄 모르는 많은 얘기 중에서 일찍 돌아가신 할아버지 얘기는 언제 들어도 재미있고 실감 나기 때문에 싫증이 나지 않습니다. 세계 전래동화보다도 더 흥미로운 할아버지 얘기는 엄마도 은지만큼이나 좋아합니다.

　굶기를 밥 먹듯 했던 시절, 할아버지는 열여섯 살 때부터 장사를 시작하여 가족들의 생계를 책임지셨고, 돈을 버는 대로 논과 밭을 사서 농사지었으며 할아버지는 놀고먹는 것을 제일 싫어해서 어린 자식이라도 집안일을 한 가지씩 거들어야 편안히 밥을 먹을 수 있었다고 합니다.

　할아버지는 장사하기 때문에 항상 많은 돈을 지니고 다녀서 위험한 일을 많이 겪었지만, 그때마다 반짝이는 기지로 위기를 모면한 적이 한두 번이 아니었다며 할머니가 자랑스럽게 들려주십니다.

　하루는 장사를 끝내고 집으로 돌아오는 길이였는디, 그 무거운 짐자전차를 타고 읍내에서 사십 리나 되는 밤길을 오니라고 고생했는갑더라. 갈 길은 멀고 불편한 다리는 힘이 빠지고 헝게 얼매나 힘이 들었것냐. 그때는 찻질이 왼통 돌자갈질이었은게.

　짐자전차를 타고 간신히 험한 산모퉁이를 돌아오는디 갑자기 산속에서 이상헌 소리가 나도만 건장한 남정네 댓 명이 튀어나오드래여. 그놈들이 뒤쫓아 오는 것을 눈치챈 느그 하나씨가 아무도 없는 캄캄한 어둠 속에 대고 큰 소리로 외장쳤단다.

"여보, 박 순경! 같이 가세. 어이 박 순경! 같이 가자고."

　그때만 혀도 순경허면 최고로 무서운 사람였은게 망정이지. 까딱 잘못 했시문 생목심을 잃을 뻔 했시야.

　하나씨를 덮치려고 뒤따라오던 놈들이 '순경'이라는 소리에 놀래서 다 도망가 버리고, 하나씨는 땀으로 범벅이 되야서 한 발이면 당도할 우리 집으로 못 오고, 당숙 하나씨 집으로 들어가 쓰러졌대여. 얼매나 놀랬시면 그렸것냐.

　당숙할매가 와서 느그 하나씨가 쓰러졌다고 허는디 어찌케 놀랬는지 나도 기함할 뻔 했은게. 메칠 동안 끙끙 앓고 일어난 걸 봉께 하나씨도 솔찬히 놀랬는갑더라.

은지는 할아버지 얘기가 엊그제의 일처럼 생생하게 느껴져 가슴이 벌렁거립니다. 그 위급한 상황에서도 어떻게 그런 생각으로 위기를 모면했는지 할아버지의 놀라운 기지에 감동 받습니다.

　은지는 엄마와 함께 할머니 곁에 누워 끝없이 이어지는 할아버지 얘기를 듣느라고 밤이 깊어가는 줄 모릅니다.

5. 사랑의 매

교환 일기장

교환 일기장이 유행하고 있습니다. 4학년인 은지는 학교에서 돌아오는 길에 단짝인 혁이와 문방구에 갑니다. 둘이서 솜 인형이 그려져 있는 열쇠 달린 일기장을 골랐는데 1,200원이나 해서 각각 600원씩 내고 삽니다.

교환 일기장은 친한 친구와 편지 식으로 일기를 써서 주고받는 일기장입니다. 친구에게 하고 싶은 말이나 그날에 있었던 재미난 일을 써서 주면, 다음날 쓰는 사람이 답장하거나 자기 생각을 쓰는 형식으로 서로 의견 교환합니다.

은지의 친구들은 은지와 혁이를 이상한 눈으로 바라봅니다. 그냥 친구일 뿐인데 둘이 사귄다며 자꾸 놀립니다. 은지는 저희도 그런 친구를 만들면 되지 왜 혁이와 친한 것을 가지고 그렇게 놀리는지 정말 이해가 안 갑니다.

일기 쓰기를 좋아하는 은지는 3학년 때 짝꿍이었던 훈이, 여자 친구인 지윤이, 희연와도 교환 일기장으로 우정을 나누고 있습니다.

그러던 어느 날입니다. 아빠가 남자친구 두 명과 교환 일기장을 주고받는다는 것을 알고 양쪽에 하면 우정에 금이 간다며 하려면 1:1로 하든지 아니면 아예 쓰지 말라고 합니다.

은지는 섭섭한 마음으로 훈이와 혁이에게 아빠가 하신 말씀을 전합니다. 혁이는 그냥 알았다고 하는데 훈이는 "일기장값이 아까우니까 계속 쓰자." 며 졸라댑니다. 은지는 참 난감했지만, 다행히 훈이도 곧 포기하고 맙니다.

교환 일기장은 "너와 가장 친하다" 는 의미밖에 없는데 어른들은 색다른 눈으로 봅니다. 은지는 그런 것까지 참견하며 못하게 하는 아빠가 야속합니다. 은지처럼 부모님 말씀 잘 듣고 만날 집안에만 갇혀 지내는 친구는 아직껏 만나지 못했습니다.

그 생각만 하면 가슴이 답답하고 화가 납니다. 제대로 한번 놀아보는 것이 소원입니다. 공부만 하다 죽으란 말씀인지 아빠가 원망스럽습니다. 막 울고 싶어집니다. 하지만 울면 운다고 혼나기 때문에 마음 놓고 울지도 못합니다. 이럴 때는 집이 스위트홈에서 감옥으로 바뀝니다. 울지도 못하는 감옥, "아빠, 미워!"

엄마가 은지 방으로 들어와 등을 토닥이며 위로해주지만 속상한 마음은 풀리지 않습니다. 그 어느 것도 도움이 되지 않습니다. 차라리 마음의 벗이 돼주는 책이 낫습니다. 몹시 화가 날 때나 기분이 상하면 제일 좋아하는 책을 골라잡곤 합니다. 마음의 위로는 책 속에 빠져 지내는 것뿐입니다.

친구들과 재미있게 쓰던 교환 일기장은 은지의 마음에 아쉬움과 상처만 남기고 말았지만, 다행히 자신만의 일기장은 마음대로 맘껏 쓸 수 있다는 것에 안도합니다.

다마고치

　은지 친구 지윤이가 '다마고치' 라는 물건을 학교에 가져왔습니다. 반 아이들이 지윤이 자리로 몰려가 지윤이 손바닥 위에 있는 달걀모양의 작은 기구를 구경합니다.

　지윤이가 버튼을 누르면 액정화면 속의 공룡이 움직입니다. 지윤이는 버튼을 이용하여 공룡에게 먹을 것을 주고, 운동도 시키고, 똥을 싸면 치우면서까지 공룡을 키웁니다. 공룡은 먹을 것을 주지 않으면 아프기도 해서 치료를 해줘야 합니다. 은지는 처음 보는 다마고치가 무척 신기합니다.

　다음날입니다. 은지네 4학년 3반 교실이 다마고치의 경연장이 되었습니다. 지윤이의 다마고치를 본 친구들이 너도나도 문방구에 가서 오천 원이 넘는 다마고치를 사 온 것입니다. 비싼 것은 몇만 원 하는 것도 있다는 친구의 말에 은지는 깜짝 놀랍니다. 반 친구들은 쉬는 시간만 되면 손바닥을 들여다보며 다마고치 속의 동물을 누가 더 잘 키우는지 경쟁합니다.

　다마고치의 유행은 삽시간에 학교 전체로 퍼졌습니다. 어떤 아이는

'드래고치'라는 것을 사 오고, '헬로우마미'를 산 친구도 있고, 지윤이 것과 같은 '다마고치'를 산 아이들도 있습니다.

은지는 친구들이 다마고치로 동물 키우는 것을 보며 자신은 너무 모르는 게 많다고 생각합니다. 독서광이라는 별명을 갖고 공부만 했을 뿐, 아이들이 부르는 노래도 모르고, 가수 이름도 모릅니다. 책만 읽으면 되는 줄 알았는데 앞으론 다른 것도 골고루 알아야겠다고 생각합니다.

집에 와서 엄마한테 다마고치를 사달라고 말씀드렸다가 야단만 맞습니다. 다른 애들은 다 가지고 있는 것조차 유행은 잠시뿐이라며 허용하지 않는 부모님이 야속합니다.

동생 성범이도 은지만큼이나 갖고 싶은 것이 많다고 누나에게 하소연합니다. 친구들이 신나게 타고 다니는 롤러블레이드를 부모님은 넘어지면 다치기도 하고 비싸다며 사주지 않습니다.

은지는 문방구에서 친구 준혁이가 저의 엄마랑 다마고치 사는 걸 봤습니다. 문방구 아줌마가 28,000원이라고 하자 준혁이 엄마가 지갑에서 돈을 금방 꺼내 사주는 모습을 보고 무척 부러웠습니다. 이 소릴 엄마한테 했다간 또 혼날 것입니다.

은지가 갖고 싶은 것은 인형, 레고, 책, 다마고치, 드래고치, 헬로우마미지만 그중 1개만이라도 있었으면 좋겠다고 생각합니다.

엄마는 유행은 곧 사라질 것이라며 다마고치 대신 은지와 성범이에게 책과 레고를 사줍니다. 은지는 동생과 레고로 갖가지 모양을 만들고, 학 종이로 색색의 학을 만들며 다마고치에 대한 미련을 밀어냅니다.

동지팥죽

어제가 동지여서 어린이 TV프로그램인 '텔레토비'에서도 팥죽 만드는 장면이 나옵니다. 은지는 꼬마들이 선생님과 함께 새알 만드는 모습을 보니 팥죽이 먹고 싶어집니다.

"엄마, 팥죽이 먹고 싶어요."

"그래? 그럼, 해 먹을까."

엄마는 은지의 말이 끝나자마자 냉장고 채소 칸에서 팥을 꺼내고 냉동실에서 찹쌀가루도 꺼내어 준비합니다. 팥은 압력밥솥에 삶고 찹쌀가루에 더운물을 부어가며 반죽도 합니다. 은지는 동생들과 함께 엄마 곁에서 엄마의 손놀림을 눈여겨봅니다. 제사가 많은 은지네는 항상 여러 재료가 냉장고에 저장되어 있어 번거롭지 않게 준비할 수 있습니다.

엄마가 삶은 팥을 믹서로 갈아 큰 냄비에 담아놓고 거실로 옵니다. 가족이 거실 가운데에 둘러앉아 새알 만들기를 합니다. 동생 성범이와 기범이도 고사리 같은 손으로 새알을 만들며 재미있어합니다.

개구쟁이 성범이는 찹쌀 반죽으로 아기공룡을 만들어 기범이에게 보여줍니다. 은지도 동생에게 뒤질세라 꽃과 단풍잎을 만들어 쟁반 위에 놓습니다. 은지와 성범이는 마치 미술 시간 같아 즐겁습니다. 엄마는 팥죽 끓일 때 넣으면 모양이 없어진다는 걸 설명하면서도 삼 남매가 즐겁게 만들도록 내버려둡니다. 여덟 개의 손으로 만든 새알 이 금세 쟁반에 가득합니다.

엄마는 은지가 동생들과 함께 만들기 놀이하도록 반죽 덩어리를 남 겨두고, 다 만들어진 새알은 가져갑니다. 은지는 동생들과 여러 가지 모양을 만들어 봅니다. 아무것도 넣지 않은 송편을 만들고, 바람떡을 만든다고 공기를 넣어 만든 송편이 찌그러져 볼품없이 되었습니다. 성범이가 만든 아기공룡은 진짜처럼 아주 잘 만들어 금방이라도 달 아날 것 같습니다. 막내 기범이는 반죽을 주물럭거리며 놉니다.

은지 삼 남매가 만들기 하며 놀고 있는 동안 엄마가 팥죽을 다 쑤었 다며 부릅니다. 삼 남매가 식탁으로 쪼르르 달려갑니다. 진한 팥죽 이 먹음직스럽게 보입니다. 식탁 가운데에 설탕과 소금, 김치가 놓 여 있습니다. 엄마는 각자 입맛에 맞도록 알아서 넣어 먹으라고 합니 다.

은지는 쫄깃쫄깃한 새알과 달콤하면서 짭조름한 팥죽을 먹으며 "바로, 이 맛이야!" 하며 엄지손을 치켜세웁니다. 동생들도 누나를 따라 합니다. 엄마가 흐뭇하게 바라보며 작은 냄비 2개에 팥죽을 담 습니다. 보나 마나 한 개는 경비실로 갈 것이고 또 한 개는 혼자 사는 이웃집 할머니 댁으로 갈 것입니다.

팥죽을 맛있게 먹고 난 은지와 성범이가 냄비 하나씩 들고 엄마 심 부름을 갑니다. 겨울바람이 따뜻하게 느껴집니다.

사랑의 매

방학 중인데 은지의 담임선생님에게서 전화가 왔습니다. 방학하는 날, 선생님 책상 위에 익명의 편지가 있었는데 분명히 은지가 쓴 것이라고 단정하며 칭찬을 많이 합니다.

엄마는 은지에게서 담임선생님 얘기를 많이 들어왔기 때문에 만난 적은 없지만 신뢰하고 있는 선생님입니다. 보기 드물게 사명감이 투철한 선생님이었고, 당당하게 체벌하는 유일한 선생님이기도 했습니다.

치맛바람이 센 학교지만 그 선생님이 체벌한다고 항의한 학부모는 없었습니다. 학생들과 규칙을 정해 놓고 위반했을 때 내리는 공평한 체벌이기 때문입니다. 문제는 교육청에서 내린 체벌금지령입니다.

어느 엄마가 자식을 잘 지도해 달라고 선생님에게 비싼 당구대를 '사랑의 매' 감으로 선물했는데, 반에서 말썽꾸러기로 이름난 아이를 때릴 수도 없고 말로도 안 되고 방법이 없자 '사랑의 매'를 팽개쳤답니다. 선생님은 두 동강이 난 사랑의 매를 치우며 반 아이들에게 각자 알아서들 행동하라고 선포하자 놀란 것은 아이들이었던 것입니다.

한 학기가 지나면서 천방지축이었던 아이들이 다소곳하게 변하고 아수라장이던 교실 분위기가 달라졌으며 숙제도 잘해오고 준비물도 잘 챙겨왔을 뿐 아니라, 교실 청소까지 열심히 하면서 모두 모범생이 되어가고 있었던 것입니다.

그런데 선생님이 그런 말씀을 하시니 몹시 걱정된 은지가 안타까운 마음에 "선생님께서 힘드시겠지만, 저희 장래를 위해 '사랑의 매'를 다시 사용해서라도 바르게 지도해 주세요."라는 내용으로 편지를 썼다고 실토합니다.

엄마는 선생님이 은지를 인정해 주는 것도 고맙지만 열성을 다해 지도해 주시는 선생님에게 감동받습니다.

개학 날, 엄마는 은지에게 문구점에서 산 '사랑의 매'를 보냈습니다. 반 친구들에게 오해받지 않도록 일찍 등교를 시켰는데도 비밀이 탄로가 났고, 기쁨인지 싫음인지 모를 아이들의 함성이 교실 안에 메아리쳤다고 합니다.

선생님은 다시 '사랑의 매'를 잡게 되었으며 학부모들도 환영했습니다. 은지네 반 엄마들은 한결같이 자신의 아이가 선생님 사랑을 듬뿍 받고 있다고 믿습니다. 그만큼 반 아이 모두에게 따뜻한 관심과 사랑을 아끼지 않았던 선생님입니다.

은지가 울먹이며 독신녀였던 선생님이 명예퇴직하고 떠나는 날, 아이들 모두 눈이 빨개지도록 울었다고 전합니다. 은지한테 담임선생님 얘기를 전해 들은 엄마는 아이들보다도 더 섭섭해합니다.

"그렇게 훌륭한 분은 학교에 오래 남아서 교단을 지켜야 하는데…."

스티커사진

스티커사진이라는 것이 유행하고 있습니다. 샘마을 쌍용상가와 대안서점 앞에도 500원짜리 동전이나 1,000원짜리 지폐를 넣고 자동으로 사진을 찍을 수 있는 스티커 사진기가 설치되었습니다.

4학년인 은지는 학교에서 돌아오는 길에 친한 친구들하고 스티커 사진을 찍습니다. 돈만 넣으면 원하는 대로 얼마든지 사진을 찍을 수 있다는 게 무척 신기하고 재미있습니다.

은지는 단짝인 지희와 스티커 사진기 안으로 들어갑니다. 텔레비전 화면처럼 생긴 모니터의 배경이 바뀌면서 설명이 나옵니다. "어서 오세요. 돈을 넣으세요. 사진의 크기와 분할 방법 버튼을 눌러주세요. 배경을 선택하세요. 사진을 찍습니다. 하나, 둘, 셋" 카메라 렌즈는 모니터 위 중앙에 있지만, 스티커사진 찍기에 서툰 은지와 친구들은 모니터 배경에 신경 쓰느라고 모두 머리를 숙이고 사진을 찍습니다.

은지는 친구와 스티커로 나온 사진을 보며 깔깔댑니다. 그리고 다시 돈을 넣고 사진을 또 찍습니다. 사진을 많이 찍을수록 세련된 사진이 나옵니다. 이번에는 파노라마로 스티커사진을 찍습니다. 파노라마는 말 그대로 연속으로 16번을 찍습니다. 16번을 찰칵찰칵하는 동안, 여러 모양의 포즈를 취해야 합니다. 은지는 친구와 둘이 쇼하듯 온갖 표정을 다해봅니다. 16장 모두 표정과 배경이 다르게 나와 볼수록 재미있습니다. 한 장으로 나온 스티커사진을 8장씩 잘라 나눠 갖기로 합니다.

은지는 여러 친구와 돌아가며 찍은 스티커사진으로 절친함을 과시합니다. 은지뿐만 아니라 다른 친구들도 은지처럼 스티커사진을 찍으며 추억을 만들어가고 있습니다.

집에 돌아온 은지가 엄마에게도 가족끼리 스티커사진을 찍자고 제안합니다. 엄마는 의외로 강한 호기심을 보이며 어서 가자고 서두릅니다. 신이 난 은지는 동생들과 앞장서서 상가에 있는 스티커 사진기 안으로 들어갑니다. 좁은 공간에 네 명이 얼굴을 들이대고 스티커사진을 찍습니다. 엄마, 은지, 성범이, 기범이의 얼굴이 오밀조밀하게 나옵니다. 가족들은 그 사진을 보며 재미있어합니다.

엄마는 스티커사진을 각자 보관하자며 한 장씩 나눠줍니다. 엄마 말씀대로 넷이서 찍은 스티커사진을 각자 자기가 좋아하는 곳에 붙여놓습니다. 은지와 성범이는 책상 위에 붙여놓고, 기범이는 집 모양의 장난감에 붙였습니다.

은지는 스티커 가족사진이 누렇게 변하고 닳아질 때까지 엄마의 빨간 손지갑에 붙어 있는 것을 봅니다.

시골 할머니 댁

추석 연휴가 시작되었습니다. 은지네 가족은 아빠가 퇴근하자마자 시골로 향합니다. 안양 시내를 벗어나지도 않았는데 벌써 도로가 막히기 시작합니다. 이대로 가다간 할머니 댁까지 몇 시간이 걸릴지 짐작할 수도 없습니다.

엄마, 아빠는 시골에 갈 때마다 만반의 준비를 합니다. 아빠는 자동차를 점검한 뒤 기름을 가득 채우고, 엄마는 기범이의 우유와 간식거리를 미리 챙겨놓기 때문에 걱정이 없지만, 은지는 아빠가 오랫동안 운전하면 피곤하실 거라는 생각에 걱정이 됩니다.

은지는 지루함을 밀어내기 위해 동생과 놀이를 시작합니다. 삼국지에 나오는 사람 이름 대기를 시작했다가 포켓몬스터 이름 대기, 해리포터에 나오는 사람들이나 수호지에 나오는 사람 이름 대기, 세계 나라 이름 대기, 각 나라의 수도 이름 대기, 한자 훈과 음 잇기, 끝말잇기 등을 하다 보면 시간이 빨리 지나갑니다.

삼국지와 나라 이름, 각 나라의 수도 이름 대기, 한자 훈과 음 잇기, 끝말잇기는 엄마, 아빠도 동참하기 때문에 더 재미있고 신이 납니다.

내기에서 번번이 누나에게 질 수밖에 없는 성범이는 온갖 심술을 부리며 누나를 괴롭히다 아빠한테 혼납니다.

은지는 동생의 눈에서 눈물이 보이면 미안해집니다. 일부러 모른 척하고 져줄 걸 후회되지만 억지를 부리는 동생이 얄미워 기어이 이기곤 했습니다. 대신 동요 부르기에서는 동생에게 양보하고 져줄 때도 있습니다.

맛있는 간식을 먹을 때도 미안함을 닦기 위해 동생에게 많이 양보합니다. 이제 말을 배우기 시작한 두 살배기 기범이도 한몫하겠다고 끼어들어 엉덩이를 들썩이며 춤추고 누나와 형아가 하는 대로 따라 합니다.

서해안고속도로에 늘어선 그 많던 차들이 어디로 다 갔는지 차가 잘 빠져나갑니다. 황금물결을 이루고 있는 만경평야가 한눈에 들어옵니다. 부안 톨게이트를 나와 성근리 앞을 지나는데 엄마가 어렸을 때 외할머니와 살았던 외가 마을이라며 추억에 젖습니다.

해가 질 무렵에야 시골 할머니 댁에 도착했습니다. 할머니가 대문 앞에서 기다리고 계시다 반기며 은지와 성범이를 얼싸안으면 할머니 냄새가 가슴속까지 전해옵니다. 기범이는 할머니 품에 안겨 안으로 들어갑니다. 은지네 가족은 거실에 나란히 서서 할머니께 큰절하고, 엄마는 곧바로 저녁 준비에 들어갑니다.

은지와 성범이는 기범이를 데리고 아빠 따라 밖으로 나갑니다. 감나무에 감이 주렁주렁 매달려 있습니다. 아빠가 뒤뜰에 있는 무화과나무에서 무화과를 따줍니다. 처음 보는 무화과 모양이 신기하고 맛이 달콤합니다. 성범이도 기범이도 하나씩 받아들고 맛있게 먹습니다.

　은지는 동생들과 아빠를 따라 대추나무 밑으로 갑니다. 떨어진 대추를 줍기도 하고, 손이 닿는 가지에서 잘 익은 대추를 따 주머니에 가득 넣습니다. 성범이도 누나 하는 대로 대추를 땁니다. 기범이는 누나와 형이 하는 것을 지켜보고 있다가 한 개씩 얻어먹으며 무척 좋아합니다.

　마당에는 할머니가 심어놓은 호박이 잔디밭을 차지하고, 대문 옆에는 토란잎이 우산처럼 펼쳐져 있습니다. 대나무 잎처럼 생긴 생강나무도 이파리를 흔들며 반기는 듯합니다. 마당 옆 텃밭에는 할머니가 심은 땅콩과 고구마, 콩, 참깨, 들깨가 영글어가고 있습니다.

　은지는 커다란 자연학습장과 같은 시골 할머니 댁에서 자연 공부하며 추석 연휴를 알차게 보낼 것입니다.

책가방 없는 날

　은지는 한 달에 한 번 있는 책가방 없는 날을 손꼽아 기다립니다. 키가 작은 은지는 책가방을 짊어지고 신발주머니까지 들고 걸어서 학교에 다니는 일이 제일 큰일이었습니다. 준비물이 있는 날이나 비라도 오는 날은 더 번거롭고 힘이 들어 괴로웠지만, 은지처럼 무거운 책가방에 시달리는 것을 덜어주기 위해 책가방 없는 날이 생겼습니다.

　책가방 없이 학교에 간다는 사실은 소풍 가는 것만큼이나 신이 납니다. 그날은 자유 수업을 하기 때문에 좁은 교실에서 책과 씨름하지 않아도 됩니다. 은지뿐만 아니라 모든 학생이 환영하는 책가방 없는 날은 교실에서 자유롭게 바둑이나 오목, 체스를 두기도 하고, 소풍 갈 때처럼 1, 2학년은 서울랜드, 3, 4학년은 모락산, 5, 6학년은 스케이트장 같은 곳으로 나누어 나들이 가기도 합니다.

　4학년인 은지네 반은 모락산으로 가기 위해 운동장을 나섭니다. 교문 앞에 있는 육교를 건너 내손동으로 가로질러 갑니다. 나무와 공터가 많은 내손동은 두메산골 같습니다. 은지네 반에도 내손동에 사는 친구들이 서너 명이 있습니다. 재개발을 앞두고 있는 내손동은 벌써 이사 간 사람이 많아 대부분 빈집이고, 골목마다 쓰레기들이 어지럽게 널려있어 어수선합니다.

갈산동의 샘마을이 도시라면 큰길 건너 의왕시 내손동은 시골입니다. 쓰레기가 쌓인 도랑에서 졸졸졸 물 흐르는 소리가 들립니다. 이런 곳에 어떻게 아파트단지가 들어선다고 할까? 의문이 생깁니다.

은지는 가족과 여러 번 왔던 곳이지만 모락산으로 올라가는 길목이 많아 친구들과 가는 길은 낯설어 보입니다. 자동차 소리와 사람 소리가 들리지 않는 숲속이 깊은 산중처럼 느껴집니다. 집에서 조금만 벗어나도 자연을 가까이 할 수 있는데 사람들은 먼 곳만 생각합니다. 이제 단풍이 들기 시작한 모락산이 그림처럼 아름답습니다.

은지네 반은 산 중턱에 자리를 잡고 각자 그림 그리기 좋은 곳을 골라 앉습니다. 은지의 작은 돗자리에 친구 셋이 앉아서 뾰쪽한 모락산을 스케치북에 옮겨놓으며 재미있어합니다. 선생님이 옆으로 왔다 갔다 하시며 친구들의 그림을 구경합니다.

남자아이들은 그림 그리는 것보다 장난치며 놀기에 바쁩니다. 그림 그리기에 몰두한 은지와 친구들은 선생님의 칭찬을 받습니다. 선생님은 그림도 좋지만 사이좋게 앉아 그림 그리는 모습이 더 예쁘다고 합니다. 어깨가 으쓱해진 은지는 친구들과 활짝 웃으며 서로 그린 그림을 보여줍니다.

은지와 친구들은 한 달에 한 번 있는 '책가방 없는 날'이 좋기만 합니다. 지난봄에도 개나리와 진달래가 활짝 핀 자유공원에 가서 고인돌을 보며 그림도 그리고 쓰레기도 주웠습니다.

은지는 책가방으로부터 해방되어 야외에서 맘껏 뛰놀 수 있고, 자연과 가까이 할 수 있는 날이 더 많았으면 좋겠다는 희망을 품습니다.

첫 단추를 잘 끼웠더니

　4학년인 은지는 학교에 입학했을 때부터 좋은 선생님을 만난 행운
아입니다. 스스로 학교 옷의 첫 단추를 잘 끼웠다고 믿으며 좋은 선
생님들을 만나지 않았다면 자기가 불량 학생이 되었을지도 모른다
고 생각합니다.

　1학년에 입학했을 때는 친구들과 말이 통하지 않아 답답증을 앓았
습니다. 이를 눈치챈 담임선생님이 은지에게 심부름도 시키고 말 상
대도 해주며 은지의 답답증을 풀어줬습니다. 그 덕분에 처음 시작한
학교생활이 재미있었습니다. 은지는 1학년 때의 담임선생님은 두고
두고 잊지 못할 은사님이라고 믿습니다.

　2학년 때 담임선생님은 남자 선생님이었는데 아이들이 천방지축으
로 행동해도 내버려두는 자유형 선생님이어서 은지뿐만 아니라 반
애들이 모두 예의 없이 굴며 제멋대로 행동했습니다. 은지도 선머슴
처럼 굴며 행동했습니다. 그래서 친구들이 은지를 여깡패라고 불렀
습니다.

　반에서 항상 1등을 하고 아는 게 많아서 불량 학생으로 찍히지는 않

았지만, 남자아이들과 뭉치기를 하고, 남자아이들이 여자아이들을 건드리면 앞장서서 막아주고 누구와 싸우더라도 진 적이 없을 정도입니다. 그러다 보니 그런 별명이 붙게 된 것입니다.

3학년 때 선생님은 이런 은지를 얌전한 학생으로 만들었습니다. 때론 예뻐하고 때론 혼내며 은지가 제자리로 돌아오도록 도와준 분입니다. 그렇게 3학년을 보내고 4학년이 되었습니다. 4학년 선생님이야말로 은지와 코드가 딱 맞아떨어지는 분입니다. 원칙과 분별의 잣대를 가지고 교육하는 분이어서 학생들도 좋아하고 학부모들도 좋아하는 선생님입니다.

잘못했을 때는 세워놓은 벌칙대로 벌을 주지만 언제나 자상하고 농담도 잘해 학급 분위기가 제일 좋다고 소문이 날 정도입니다. 점심시간이면 교실에서 함께 도시락을 먹다가 밥을 싸 오지 않은 학생이 있으면 선생님의 도시락 반을 덜어주시는 엄마 같은 선생님입니다.

학교에서는 제일 무서운 선생님으로 소문이 났지만, 은지는 선생님과 때론 친구처럼, 때론 모녀지간처럼 지냅니다. 은지는 그처럼 좋은 분이 왜 독신녀로 지내는지 늘 의문이었는데, 연세 드신 홀어머니를 모시고 산다는 걸 알게 되었습니다. 어머니와 함께 살기 위해 결혼을 안 하는 것인지도 모릅니다.

은지는 집에 오면 학교에서 선생님과 있었던 얘기를 엄마에게 들려주며 학교생활이 즐겁고 신이 난다고 말합니다. 엄마도 덩달아 신이 나서 은지에게 항상 겸손하고 예의 바른 어린이가 되라고 격려를 해줍니다.

가을 학예회 때 한복 입고 사회를 맡게 된 은지는 선생님께 잘 보이고 싶어 진행 프로그램을 보고 연습하며 생각합니다. 초등학교에 입학하여 첫 단추를 잘 끼웠더니 계속 좋은 선생님을 만나 학교생활이 즐거운 것이라고….

할아버지 이야기

　은지는 할머니한테 할아버지 이야기를 듣는 게 즐겁습니다. 할머니와 나란히 누워 얘기를 듣다 보면 일찍 돌아가셨다는 할아버지가 보고 싶어 벽에 걸린 액자 속의 사진을 자주 올려다봅니다.

　젊은 시절부터 봇짐 장사를 시작하신 할아버지는 마을을 돌아다니며 팔 물건을 사러 서울 나들이를 자주 하신 모양입니다. 그 시절엔 서울 가는 길이 멀고 버스도 많지 않아서 서울 한 번씩 가려면 하루가 걸렸다는 말이 먼 나라 얘기처럼 들립니다.

　할머니는 할아버지 얘기를 아주 실감 나게 들려주십니다.

　하나씨가 서울 댕기면서 겪은 일이 하나둘이 아닌디 지금도 참 궁금한 게 있어야. 하나씨가 돌아가실 때까지 의형제 맺어 성님, 아우하며 지낸 양반이 있었는디 그 양반이 시방 어디서 살고 있는지 모르것다. 말만 들었지 이름도 성도 몰라야. 사람이 참 좋았는가비어.

　하루는 열차를 타고 서울역에 당도허고 본 게 캄캄한 밤이었드라지. 잘 곳을 찾아 역전 뒷골목을 가는디 여러 놈이 뒤따라오는 눈치드래여. 허리춤에

돈을 둘러매고 봇짐 하나만 들고 어두운 골목길을 가는디 얼매나 무서웠것냐.

무섬증이 생기고 등골에서 땀이 솟는 판인디 마침 눈앞에 불이 켜진 집이 딱 하나 보이드래여. 하나씨는 성주님이 도와주신거라며 쏜살같이 달려가서 밀창문을 깨고 보따리를 던지면서 "성님, 성님, 나 왔소. 성님!" 하고 소리쳐 불렀대여.

눈치챈 주인이 얼른 문을 열고 반기면서 "동생, 어인 일로 이렇게 늦었는가. 어서 오소." 하드래여. 시상으나 누가 시킨 것도 아닌디 그렇게 아귀가 똑똑 맞아떨어지는 사람도 있는갑드라.

그날 밤 그 집의 주인헌티 얘기를 들은 게 그 골목길이 아주 무서운 곳이었드래여. 잘못 들어왔다가는 쥐도 새도 모르게 생목심을 잃는 곳이라고 하는디 등골이 오싹허드래여. 하나씨가 유리창 값을 물어주고 그 이후부터 의형제를 맺어 서울 가면 꼭 그 집에서 자고 니것 내것 없이 나눠 먹으며 잘 지냈다는디. 이름이라도 알아둘 것을….

은지는 할아버지 이야기를 듣는 동안 셜록 홈즈를 읽는 것보다 더 긴장이 되고 가슴이 두근거려 마른침을 꿀꺽 삼킵니다. 그 위기의 순간에 어떻게 그처럼 기발한 생각을 하셨는지, 또 할아버지를 반겨주셨다는 서울 역전의 그 할아버지도 할아버지처럼 지혜로운 분이었다고 생각하니 친할아버지처럼 느껴집니다.

은지도 할아버지와 의형제를 맺어 오랫동안 왕래를 하셨다는 그 할아버지 소식이 할머니만큼이나 궁금해집니다. 이름이라도 알았더라면 아빠가 분명히 이산가족 찾기처럼 찾아 나섰을 것입니다.

은지는 새삼스럽게 지혜와 기지가 넘치셨다는 할아버지가 몹시 그
리워집니다.

6. 산아, 미안해

급식 도우미
사과 편지
조청과 도토리묵 만들기
지독한 IMF 감기
63빌딩
경복궁 견학
산아, 미안해
할아버지를 닮고 싶어요

급식 도우미

5학년인 은지는 점심때만 되면 하얀색에 남색 캡이 달린 급식 도우미 모자를 쓰고 급식실로 갑니다.

학교에서 처음으로 급식을 시작한다는 소식이 전해졌을 때, 반 아이들은 교실이 떠나갈 듯 환호성을 지르며 기대에 부풀었습니다. 토요일에 받은 일주일 분의 급식 식단표엔 집에서 쉽게 먹을 수 없는 반찬들이 요일마다 다르게 나와 있습니다. 버섯육개장, 두부양념볶음, 순두부찌개, 돼지갈비찜, 스파게티, 탕수육, 돈까스 등 이름만 봐도 침이 꿀꺽 넘어갑니다.

은지는 엄마가 정성스럽게 싸주시던 도시락과 이별하는 것은 아쉽지만 날마다 새로운 반찬을 먹을 수 있다는 것과 급식 도우미여서 제일 먼저 한가롭게 앉아서 밥을 먹을 수 있다는 게 좋기만 합니다.

1997년 봄부터 시작한 학교급식은 매일 도시락을 싸야 했던 엄마들에게도 대환영을 받습니다. 날마다 도시락 반찬에 신경 썼던 엄마들이 급식 식단표에 관심을 보이며 도시락으로부터 해방되었다고 기뻐했던 것입니다.

은지는 목소리가 큰 현수와 '급식 도우미'라고 쓴 모자를 쓰고 아이들이 질서를 지키도록 돕고, 음식을 남기지 않도록 식판 검사도 합니다.

어느 날입니다. 날마다 음식을 많이 남기는 과학실 담당 여선생님에게 "선생님, 음식을 남기면 안 되는데 너무 많이 남기셨네요." 했다가 건방지다고 혼이 납니다. 체격이 우람한 선생님이 큰소리로 은지를 야단치자 영양사 선생님이 오셔서 말립니다. 화가 잔뜩 났던 선생님이 간 뒤에 영양사 선생님은 은지를 달래며 위로해줍니다.

학생들은 음식을 남기지 말라고 식판 검사까지 하는데 선생님이 이를 지키지 않으면 문제가 있다고 생각한 은지는 미안해해야 할 선생님이 오히려 학생에게 화내는 것을 이해할 수가 없습니다.

많은 아이가 이용하는 급식실은 명절 무렵의 호계시장처럼 왁자지껄합니다. 밥을 먹으면서 까불다가 물이나 국을 엎지르고, 큰 소리로 떠들며 장난치다가 벌렁 넘어지기도 합니다. 후식으로 나오는 여러 가지 과일이나 야쿠르트, 핫도그 등을 먹을 때도 조금이라도 더 먹으려고 소란을 피웁니다.

키는 작지만 목소리가 큰 은지는 급우들보다 어린 후배들을 먼저 챙겨주고 더 필요한 것은 없는지 보살펴줍니다. 후배들도 은지와 마음이 통하여 말을 잘 듣습니다. 급식 도우미 모자를 쓰고 이리저리 돌아다니는 은지가 부러운 듯 바라보는 아이도 있고, 급식실 밖에서 만나면 반가워하며 인사하는 후배들도 있습니다.

각 반에서 두 명씩 뽑힌 8명의 급식 도우미들은 아무렇게나 흩어져 있는 물컵과 식판을 정리하고 뒤처리하는 일로 바쁘지만 즐겁고 보람도 있습니다. 집에 돌아온 은지가 엄마에게 급식 도우미인 것을 자랑스럽게 말합니다.

　엄마도 5학년 때, 급식당번으로 뽑혀 점심시간이면 미국에서 보내온 구호물자인 옥수숫가루로 쑨 샛노란 죽을 나눠주었다며 엄마 어렸을 적 이야기를 들려줍니다.

은지는 창작동화 같은 엄마의 얘기를 듣고, 한 교실에 모여 빈 도시락에 옥수수죽을 받아먹던 60년대의 급식실과 조리실이 딸린 90년대의 급식실을 비교해봅니다. 메뉴만 다를 뿐 급식실 분위기는 그때나 지금이나 비슷하다고 느끼며 엄마와 공감대를 만들어갑니다.

사과 편지

아침부터 눈이 내리고 있습니다. 잿빛 하늘은 함박눈을 펑펑 쏟아내며 하얀 세상을 만들고, 교실에서 공부하던 아이들의 마음은 온통 밖에 가 있습니다.

아이들은 쉬는 시간만 되면 눈 쌓인 운동장으로 달려가 눈싸움하며 신나게 놉니다. 은지도 친구들과 함께 밖으로 나가 남자아이들과 눈 던지기를 하며 깔깔댑니다.

같은 반 남자아이들이 눈 뭉치로 꼬맹이 은지에게 집중 공격을 합니다. 잔뜩 화가 난 은지가 교실 복도에 있는 신발장에서 꺼낸 실내화를 남자아이들에게 던집니다. 실내화 한쪽이 한 아이의 얼굴에 정통으로 맞았습니다. 그래도 분이 풀리지 않은 은지는 씩씩대며 교실로 들어옵니다.

남에게 지기 싫어하고 상대가 남자라도 봐주지 않을 뿐만 아니라, 저돌적인 행동도 서슴지 않던 은지입니다. 한 대를 맞으면 두 대를 때려줘야 직성이 풀리는 은지로서는 같은 반 남자친구들에게 눈 공격을 받았다는 사실이 용납되지 않습니다.

실내화에 맞아 얼굴을 감싸고 교실로 들어온 남자아이는 키가 크고 말수가 적은 진형이었습니다. 누나가 셋이나 있는 진형이는 집에서 귀한 대접을 받지만, 학교에서는 티 내지 않는 얌전한 아이입니다.

은지는 미안한 생각이 들었지만 사과하는 것은 자존심이 허락하지 않습니다. 진형인 얼굴에 상처가 났는데도 아픈 티를 내지 않아 마음이 더 불편합니다. 마침 진형이와 같은 아파트에 사는 윤지가 크리스마스카드를 써서 반 친구들에게 돌리겠다고 합니다. 은지도 편지를 생각해 냅니다. 예쁜 카드에 사과 편지를 써서 진형이 엄마께 전해줄 것을 친구 윤지에게 부탁합니다.

며칠 후입니다. 엄마가 한 통의 전화를 받습니다. 진형이 엄마한테 온 전화입니다. 은지의 사과 편지 사건을 전해 들은 엄마가 미안해하자 오히려 진형 엄마는 은지를 칭찬합니다.

집에서는 진형이가 다친 줄도 몰랐는데 은지의 편지를 받고 알게 되었다며 약국에 가서 약도 짓고 연고를 사다가 발라 주었다고 합니다. 사과 편지를 본인에게 하지 않고 어떻게 친구의 엄마에게 쓸 생각을 했는지 모르겠다며 어린 은지가 기특하다고 몇 번이나 칭찬한 것입니다.

은지는 엄마한테 진형이 엄마 얘기를 듣고 어른들께 걱정 끼쳐 죄송한 생각이 듭니다. 엄마 말씀처럼 앞으론 같은 일이 되풀이되지 않도록 감정조절을 잘하고 진형이에게도 잘해줘야겠다고 다짐합니다.

은지의 사과 편지 사건은 엄마들에겐 신뢰감을 더해주고, 은지와 진형이가 더 사이좋게 지낼 수 있도록 해주었습니다.

조청과 도토리묵 만들기

제삿날이 많은 은지네 집은 식혜를 자주 하는 편입니다. 할머니가 조청을 잘 만드시는 것도 식혜를 자주 하기 때문입니다. 엄마는 조청을 좋아하면서도 어떻게 만드는지 모른다며 시골에서 올라오신 할머니한테 자세한 설명을 듣습니다.

엄마가 이번 설에는 조청을 만들어보겠다며 다른 때보다 식혜를 많이 만들어 차례 지낼 식혜는 따로 보관해놓고 은지를 부릅니다. 은지는 잔심부름을 잘하기 때문에 엄마의 조수 노릇도 곧잘 합니다.

잘 만들어진 식혜를 체에 걸러 커다란 냄비에 식혜 물을 담아 불 위에 올려놓습니다. 엄마는 은지에게 식혜 물이 넘치는지 보면서 한 번씩 저으라고 합니다. 은지는 그 많은 식혜 물이 언제 졸아들지 벌써부터 지루하고 따분하지만, 조청이 되어가는 것을 보고 싶은 마음이 더 앞서 있습니다.

엄마가 다른 음식을 준비하면서 조청 만들다 실패한 얘기를 들려줍니다. 어른들께 물어보지도 않고 혼자 생각으로 엿기름 담갔던 물을 밭쳐 종일 끓여도 조청이 되지 않아 실패했다는 것입니다.

식혜 물이 졸아들고 있는 동안 엄마는 도토리묵을 쑨다고 또 은지를 부릅니다. 엄마는 뭐든지 어깨너머로라도 배워야 한다며 꼭 은지를 불러댑니다. 도토리 가루 한 컵에 물 6컵을 붓고 잘 섞어 불 위에 올려놓고 나무 주걱으로 저으면 된다고 설명해줍니다.

은지는 왜 만날 자기가 음식 장만하는 것을 보아야 하고, 그런 설명을 들어야 하는지 불만이면서도 엄마와 함께 있는 시간이 좋고 엄마를 도와드린다는 자부심이 생깁니다. 엄마가 시키는 대로 식혜 물을 젓는데 그 많던 물이 졸아들고 갈색으로 변해가는 모양이 신기합니다.

엄마가 두 손으로 긴 나무 주걱을 잡고 힘차게 저으며 도토리묵을 쑤고 있습니다. 묵을 쑬 때는 항상 힘 좋은 아빠가 도왔는데 오늘은 엄마 혼자 쑤느라고 힘들어합니다.

조청과 도토리묵이 서로 경쟁이라도 하듯 빨리 굳어지기 시합을 합니다. 조청에서는 달콤한 냄새가 코를 즐겁게 해줍니다. 조청을 너무 졸이면 까맣게 탄다며 엄마가 불을 끕니다.

하던 일을 마친 은지는 엄마 옆에서 톡톡 튀며 끓고 있는 도토리묵을 봅니다. 엄마가 소금을 티스푼으로 떠서 뿌리고 참기름도 몇 방울 넣은 다음 쉬지 않고 저어줍니다.

엄마는 차례 음식 중에서 묵 만드는 일이 제일 힘들다며 다 쑨 묵을 네모난 스테인리스그릇에 담아놓습니다. 그리고 솥에 붙은 노릇한 묵 누룽지를 훑어 할머니와 은지 입속에 넣어줍니다. 할머니와 은지는 식탁에 앉아 고소한 묵 누룽지를 맛있게 먹습니다.

엄마와 많은 시간을 주방에서 보낸 은지는 새삼 엄마의 수고로움이 피부로 느껴집니다. 윤이 반질거리는 도토리묵과 조청이 다소곳이 자리를 지키고 앉아 여러 사람에게 베풀 시간을 기다리고 있습니다.

은지는 설날에 오시는 손님이나 식구들이 도토리묵과 조청을 맛있게 먹는 모습을 생각하면 어깨가 으쓱해집니다.

지독한 IMF 감기

초등학교 5학년인 은지는 작년부터 신문과 텔레비전을 통해 IMF란 얘기를 수없이 들어왔습니다. 우리나라가 빚이 많은데 갚을 능력이 없어 국제통화기금(IMF)에서 달러를 빌려왔다는 얘기를 나름대로 이해하고 있습니다.

IMF 사태는 대통령 선거에 큰 영향을 주었습니다. 그래서 야당에서 출마한 김대중 할아버지가 당선되어 2월 25일에 15대 대통령으로 취임했고, 국민들은 새 대통령이 IMF 위기를 극복할 것이라고 잔뜩 기대하고 있습니다.

은지는 우리나라가 IMF란 지독한 감기에 걸렸다고 생각합니다. 얼마 전에만 해도 방학만 하면 해외여행 떠나는 친구들이 부러웠습니다. 그런데 IMF 감기는 은지네 반에까지 전염되었습니다.

부자라고 소문난 친구가 시골로 전학 가고, 큰 평수에 살던 친구도 두 명이나 이사 갔으며 친구 아빠의 직장이 문을 닫기도 했습니다. 사장님이었던 한 친구의 아빠는 부도가 나서 샘마을을 떠날 수밖에 없었다는 것도 알았습니다.

지금까지 갖고 싶은 것이 있어도 마음대로 한번 사지 못한 걸 늘 불만해 왔던 은지는 아빠가 마음 놓고 다닐 수 있는 직장이 있어서 감사하다는 생각이 절로 듭니다.

어느 날, 퇴근한 아빠가 직장에서 금 모으기 운동을 시작했다며 엄마에게 금붙이가 얼마나 있느냐고 묻습니다. 엄마는 은지와 성범이 백일과 돌 때 들어온 반지, 결혼 때 받았던 금목걸이, 금팔찌, 금반지들을 모아 아빠한테 줍니다.

아빠 직장에서 시작했다는 금 모으기 운동은 전국적으로 퍼져나갔습니다. 달러 모으기도 시작했고, 아껴 쓰고 나눠 쓰고 바꿔 쓰고 다시 쓰자는 아나바다운동도 시작했습니다.

아나바다운동은 은지네 학교에서도, 아파트 동네에서도 인기가 있습니다. 안 쓰는 물건을 내놓으면 필요한 사람이 싸게 살 수 있어 서로 좋아합니다. 은지도 학교에서 시작한 아나바다운동 덕분에 갖고 싶던 책과 인형을 샀습니다.

은지는 IMF 감기를 이겨내려면 근검절약 실천이 먼저라고 생각합니다. 만약 온 국민을 지도할 입장이라면 해외여행을 줄여 달러 지출을 막고, 생활비의 반은 저축하여 나라에 돈이 많아지게 할 것이고, 직장인이 된다면 월급이 줄더라도 열심히 일할 것이며, 주부가 된다면 필요한 만큼의 요리, 유행을 좇지 않는 가족의 옷 관리, 가전제품 사용 시 절전 등 현명한 소비로 개인은 물론 나라에 보탬이 되도록 하겠다고 생각합니다.

은지는 모든 국민이 그렇게 한마음 한뜻으로 실천한다면 경제 사정이 조금씩 나아질 것이고, 지독한 IMF 감기도 저 멀리 날려 보낼 수 있다고 굳게 믿습니다.

63빌딩

2월이 끝나갈 무렵, 아직은 날씨가 쌀쌀하지만 어딘가에 부드러운 기운이 숨어 있습니다. 은지는 설레는 마음으로 동생들과 엄마를 따라나섭니다. 63빌딩에서 전시 중인 "잉카황금유물전"을 관람하기 위해서입니다.

은지네 가족은 1호선 전철을 타고 영등포역에서 내려 어렵게 잡은 택시에 올라탑니다. 택시는 돌고 돌아 서울에서 가장 높은 여의도 63 빌딩 앞에 섰습니다. 택시에서 내린 은지는 높은 빌딩과 북적이는 사람들을 보고 놀랍니다. 잘못하다간 엄마를 잃어버릴 것 같아서 동생 성범이 손을 꼭 잡고 따라갑니다.

은지네 가족은 입장권을 내고 '황금유물전시장'으로 들어갑니다. 전시장 안이 황금빛으로 빛나고 있습니다. 목걸이, 코걸이, 귀걸이, 술잔, 왕관, 귀이개, 주걱, 사발, 인형, 우산, 조각, 미라용 장갑 등이 모두 금으로 만들어졌습니다. 가끔 진주목걸이나 터키석이 들어간 목걸이, 귀걸이도 있었지만, 빛나는 물건은 모두 금입니다.

은지는 금 술잔에 술을 담아도 맛이 괜찮았을까 궁금해집니다. 어떤 공주가 현인을 깔보다가 현인의 꾀에 넘어가 금 항아리에 술을 담 았더니 맛이 변했더라는 이야기가 떠올랐기 때문입니다.

전시된 유물들과 사진을 보고 있는데 뒤에서 어떤 할아버지가 함 께 온 할머니에게 잉카문명에 대해 자세하게 설명합니다. 은지는 할 아버지의 설명이 재미있어 곁에서 관심 있게 듣습니다. 좋은 강의를 무료로 들으니 '잉카황금유물전'이 색다르게 보이고, 책에서만 보던 황금 유물을 가까이에서 직접 보니 더 신기합니다.

황금으로 빛나는 전시장을 한 바퀴 돌고 나온 은지는 엄마와 함께 "잉카황금유물전" 도록을 한 권 사고, 동생들과 함께 점심 먹으러 관 광식당으로 갑니다. 돌솥비빔밥을 맛있게 먹고 의논 끝에 '63씨월 드'로 갑니다.

'씨월드'에 들어가자 네 살배기 기범이가 소리 지르며 제일 좋아합 니다. 대형 수족관 안에는 텔레비전 프로그램인 "신비의 세계"에서 본 희귀한 물고기들과 자카스펭귄, 킹펭귄, 드라큘라물고기, 전기뱀 장어, 바다표범, 해달, 물개, 쥐치, 나비돔, 나폴레옹 돔, 바다뱀 등이 관광객들의 눈을 즐겁게 해주고 있습니다.

대형 수족관 안에서 펼쳐지는 인어공주 쇼와 바다표범 쇼 시간에는 많은 사람이 몰려와 구경하며 신기해합니다. 일본인 관광객과 시골 에서 올라온 관광객이 많이 있습니다. 쉬는 날이어서 그런지 어디를 가나 사람들로 북적입니다.

은지네 가족은 씨월드를 한 바퀴 돌며 대왕문어도 보고, 다리 길이 가 30cm나 되는 키다리 게와 손바닥보다 작은 해파리, 성게도 봅니 다. 씨월드 안에는 동물원처럼 다람쥐원숭이와 온갖 파충류들도 있어 흥미를 돋위줍니다.

　밖으로 나온 은지는 텔레비전에서 보던 여러 가지 물고기와 신기한 동물들을 직접 보고, 멋진 "잉카황금유물전"도 감상했다는 사실이 좋아 피곤함도 잊습니다.

　집으로 돌아오면서 은지가 말합니다. "63빌딩아, 만나서 반가웠어!" 성범이와 기범이도 누나를 따라서 앵무새처럼 말합니다.

　"63빌딩아, 안녕!"

경복궁 견학

　은지의 겨울방학도 얼마 남지 않았습니다. 방학 숙제인 견학기행문을 쓰기 위해 경복궁에 다녀오기로 했습니다. 동생들과 함께 엄마를 따라서 4호선인 범계역으로 갑니다. 지하철 안에는 은지 또래의 아이들이 많이 있습니다. 은지처럼 방학 숙제를 위해 박물관이나 미술관, 과학관, 고궁 등으로 견학 가는 어린이들입니다.

　충무로에서 3호선으로 갈아타고 경복궁역에 내립니다. 은지는 엄마 손을 잡고 안내표지판을 따라서 경복궁으로 들어갑니다. 바로 옆에선 옛 조선총독부 건물을 철거하고 광화문 복원공사가 한창입니다. 은지는 완성된 광화문을 언제쯤 보게 될지 궁금해집니다.

　은지네 가족이 경복궁에서 맨 처음 간 곳은 임금님이 나랏일을 보던 근정전입니다. 텔레비전 드라마에서 보았던 궁중복 차림의 왕과 왕비, 대신들과 궁녀들이 대궐 안에서 일하는 모습이 떠오릅니다. 집현전 학자들이 학문을 연구하며 책 읽는 도서실로 사용했던 수정전도 한 바퀴 둘러보고 경회루로 향합니다.

　잔치할 때 사용되었던 연못 가운데의 경회루는 둘레에 서 있는 아

름드리 수양버들과 어우러져 한 폭의 그림을 그려내고 있지만, 경회
루와 연결된 돌다리 3개는 들어가지 못하게 모두 막아버려 아쉽습니
다.

꽁꽁 얼어붙은 연못 밑으로 큰 비단잉어들이 몰려다니며 관광객들
이 던져주는 먹이를 받아먹으려고 깨진 얼음 위로 얼굴을 내밉니다.
은지는 동생들과 엄마가 사준 고기밥을 잉어들에게 던져줍니다. 잉
어들이 입을 벌리며 몰려드는 모습이 재밌습니다.

맛있는 핫도그와 코코아, 팝콘을 먹으며 기념사진도 찍고, 천천히
경복궁 안 구석구석을 돌아봅니다. 은지는 경복궁 지붕의 곡선과 처
마 단청의 꽃무늬 장식이며 담벼락에 조각된 주황색 꽃무늬를 유심
히 관찰합니다. 옛사람들의 섬세한 솜씨에 감탄사가 절로 나옵니다.

엄마는 은지 삼 남매를 경복궁 안에 있는 민속공예전시관으로 데려
갑니다. 그곳에는 북청사자탈, 안동하회탈, 관노탈 등 탈 특별전이
열리고 있습니다. 학교에서 배운 전통 특산물인 금빛 놋그릇, 화문
석, 전주한지, 나전칠기, 여러 가지 붓과 굉장히 큰 붓이며, 옛날 부싯
돌, 토기, 화로 등 볼거리가 많습니다.

특히 전주한지는 아저씨 한 분이 직접 만들어가며 보여주고 있습니
다. 물에 젖은 종이 죽이 어떻게 고운 한지가 되는지, 직접 보면서도
신기할 뿐입니다. 그 옆을 지나자 천연 염색 천, 노리개, 수예품 등이
진열되어 있어 눈이 바쁘게 움직입니다.

많은 볼거리로 눈을 즐겁게 한 뒤, 중앙박물관으로 갑니다. 가는 날
이 장날이라고 하필 정기휴일인 월요일이어서 다음에 오기로 하고
발길을 돌립니다.

은지는 온종일 너무 많은 곳을 돌아다녀 다리도 아프고 몹시 피곤하지만, 견학기행문에 쓸 거리가 많아 매우 만족합니다.

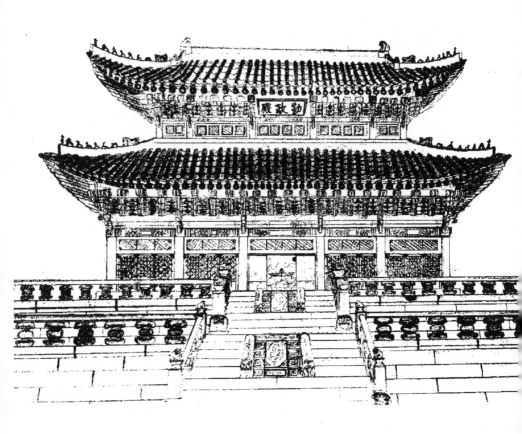

산아, 미안해

매달 두 번째 토요일은 쉬는 날입니다.

6학년인 은지는 더 자고 싶은 마음을 이기고 일어나 아빠, 엄마를 따라서 뒷산에 오릅니다. 아파트 바로 뒤에 산이 있는데도 따라나서기는 처음입니다. 언덕으로 올라갈수록 숨이 차 헉헉거리고 등에 땀이 흐르지만 솔바람이 이마를 간질이며 지나가 기분이 상쾌합니다.

앞서가던 아빠가 걸음을 멈추고 조용히 하라며 손짓합니다. 다람쥐가 떨어진 밤을 쥐고 이리저리 살피는 게 보입니다. 손바닥 안에 들어갈 정도로 작고 예쁜 다람쥐가 인기척에 놀라 달아납니다. 다람쥐보다 큰 까만 청설모도 높은 나무를 오르내리며 먹이를 찾고, 새들도 푸드덕대며 나뭇가지에 앉아 노래합니다.

엄마는 아빠 뒤에 바싹 붙어가는 은지를 자주 불러세웁니다. 옆으로 스쳐 지나가는 식물이나 꽃 이름을 알려주기 위해서입니다. 보라색 꽃대를 세우고 있는 맥문동과 벌개미취와 나리는 학교 화단에서 많이 본 꽃이지만 개망초와 달맞이꽃은 처음 봅니다. 이름도 우스운 개망초가 하얀색 꽃과 진한 향기로 꿀벌을 부르며 묘지 주변에서 춤추고 있습니다. 밤에만 핀다는 노란 달맞이꽃은 저만치 서서 큰 키를 자랑하며 뽐냅니다.

토요일이어서인지 산에 오르는 사람들이 갈수록 늘어나고 있습니다. 팔운동을 하며 오르는 아주머니와 아저씨들, 손뼉을 치며 오르는 할머니들, 애완견을 데리고 오다가 볼일 보게 하는 젊은 아주머니와 큰 언니들도 눈에 띕니다.

은지는 애완견을 공공장소나 산에 데리고 오면 안 되는 줄 알고 있는데, 어른들이 공중도덕을 더 지키지 않는 게 못마땅합니다. 그리고 서도 어린이들이 잘못하면 나무랄 자격이 있는지 의문입니다.

산에 오르던 사람들이 중턱에 모여서 "야호"를 외칩니다. 갑자기 숲속이 소란스러워집니다. 나무들이 흔들리고, 다람쥐와 청설모가 놀라 달아나고, 나뭇가지에 앉았던 새들도 푸드덕거리며 날아갑니다.

은지는 언젠가 엄마가 신문에 난 기사를 읽고 들려준 얘기가 생각납니다. "산에 대한 최소한의 예의를 지키자."라는 캠페인이 왜 일어나고 있는지 알 것 같습니다. 지나가는 등산객들이 산의 주인인 나무와 동물들을 놀라게 하고, 쫓아내는 것 같아서 미안한 생각이 듭니다.

식물이나 동물들도 저희끼리 대화하며 적이 나타나면 경고신호를 보낼 줄 안다는 엄마의 얘기가 믿어지지 않았는데, 숲이 움직이는 것을 직접 눈으로 보았습니다.

'산의 주인인 나무와 동물에게 피해를 주지 않도록 소음을 내서는 안 되고, 산에 있는 나무를 꺾거나 오물을 버려서도 안 되며, 여기저기에 길을 만들어 함부로 짓밟고 다니며 나물이나 약초를 캔다고 마구 파헤치는 것도 산에게는 상처가 된다.'는 말에 공감합니다.

은지는 높은 산에 오르면 "야호" 하는 것을 당연하게 생각했는데, 앞으론 산에 대한 예의를 지켜야겠다고 생각하며 산에게 속삭입니다.

"산아, 미안해. 그동안 사람들이 상처 주고 괴롭혀서 많이 힘들었지? 앞으론 널 위해 최소한의 예의를 지킬 수 있도록 앞장설게."

할아버지를 닮고 싶어요

은지는 할아버지 얘기를 들을 때마다 다음 이야기가 궁금해집니다. 이번에는 또 어떤 줄거리가 나올지 호기심이 발동하여 할머니가 하시던 일이 어서 빨리 끝나기를 기다립니다.

할머니는 아빠 도움을 받아 검은 비닐을 깐 텃밭에 땅콩을 심고, 고추 모종을 옮겨 심고서야 들어오셨습니다. 엄마가 저녁상을 차리는 동안 할머니와 아빠가 차례로 씻고 와서 식구들이 두레상에 둘러앉습니다.

은지는 밥을 먹을 때마다 할머니가 쉬지 않고 들려주는 동네 사람들의 이야기에는 별 흥미를 느끼지 못합니다. 일가친척들이 많은 동네라 누가 누구인지도 모르고, 소 키우는 할머니 댁, 개가 많은 할머니 댁, 고추 농사를 많이 짓는 할머니 댁 몇 집만 알뿐입니다.

옛날이야기는 밤에 할머니와 나란히 누워 듣는 게 제맛이 납니다. 은지는 할머니가 방안으로 들어오시기를 기다렸다가 할머니 곁에 눕습니다. 지난번에 약속했던 이야기를 듣기 위해서입니다.

"할머니, 그때 해 주신다는 얘기가 궁금해요."

"그려? 또 하나 헐꺼나. 하나씨가 서울 댕기면서 겪은 얘기가 어디 하나둘이여야지."

한번은 서울역에서 있었던 일인디. 급허게 변소에 갈 일이 생겼는갑더라. 그때만 혀도 서울역전에서 자리 깔고 장사허는 예편네들이 많이 있었대여. 보따리는 있는디 일은 급허고 헌게 한 아지매헌티 봇짐 좀 봐달라고 허고 변소에 갔다 와서 본게 보따리가 없어졌드래여.

하나씨가 아지매헌티 내 보따리가 어디 갔냐고 물은게 모른다고 허드래여. 잘 봐달라고 부탁까지 혔는디 누가 가져간지도 모른다고 헌게 하나씨가 어떤 사람인디 그냥 넘어가겠냐.

하나씨가 본게 그 아지매가 앉아있는 모양이 이상허드래여. 그래서 그 아지매보고 일어나 보라고 혔는갑드라. 그 아지매가 생사람 잡는다고 난리를 치드래여. 하나씨가 억지로 그 아지매를 일어나게 허고 본게 하나씨 보따리가 나오드래여.

그 여편네가 하나씨 보따리를 깔고 앉아서 모른다고 잡아뗐는갑드라. 서울이란 곳이 참 좋은 사람도 있고 그렇게 나쁜 사람도 많은 곳이라고 하나씨가 서울 갔다 올 때마다 서울 얘기를 허면 걱정도 되지만 재미도 있었어야.

"역시 우리 할아버지야. 할머니, 할아버지 아이큐가 높았어요?"
"그려, 머리가 참 잘 돌아갔어야. 핵교 공부는 구경도 못혔는디 남들 서당 댕길 때 따라가서 어깨너머로 글공부 혔는디도 동리서 제일 유식했는게."

문서 볼 줄 안게 집안 대소사를 느그 하나씨가 다 허고 댕겼잖냐. 느그 애비나 고모들이 머리가 왜 좋간디. 다 하나씨 피를 이어받은 것 아니컷냐. 은지 너도 그려서 공부를 잘허는 것이여."

은지는 할아버지 피를 이어받았다는 사실이 자랑스럽고, 할머니한테 할아버지 얘기를 들을 때마다 할아버지의 지혜와 총명함을 닮고 싶은 마음이 간절해집니다.

7. 분명히 아빠 아들

고래잡이
집 보기
분명히 아빠 아들
기쁨 놀이
몰라야, 고맙다
응급실에 가다
죽기 싫어요

고래잡이

다섯 살인 성범이는 벌써부터 겁이 나기 시작합니다. 오래전부터 아빠한테 들어왔던 수술을 생각하면 잠이 오지 않습니다. 하지만 언젠가는 한번 해야 한다는 엄마 말씀에 따르기로 합니다.

토요일 아침, 엄마 손을 잡고 비산동 사거리에 있는 비뇨기과로 갑니다. 손에 땀이 배어납니다. 비뇨기과 문을 열고 들어서는데 긴장이 됩니다. 엄마가 접수하자 간호사 누나와 아저씨가 나와 성범이 손을 잡고 주사실로 갑니다.

엄마가 격려해줍니다.

"우리 성범이 정말 용감하고 씩씩하네. 정말 멋진 남자가 될 거야."

수술실에 들어간 성범이는 마취 주사를 맞고 수술대 위에 누웠지만, 의사 선생님과 간호사 누나와 보조 아저씨가 주고받는 말이 다 들립니다. 가위로 자르는 소리도 들리고 바늘로 꿰매는 것도 느낄 수 있습니다.

마취에서 깨어나 보니 수술한 부위에 종이컵을 테이프로 붙여놓았습니다. 소독제와 진통제 약을 받은 엄마가 성범이 등을 토닥이며 칭찬합니다. 겁이 많아 조금만 다쳐도 큰 소리로 울던 성범이가 의젓하게 수술을 마치고 나온 것입니다.

엄마는 성범이에게 먹고 싶거나 갖고 싶은 장난감이 있으면 말하라고 합니다. 성범이는 종이컵 때문에 걷기가 몹시 불편하지만, 엄마의 말씀에 기분이 좋아 이것저것 주문합니다. 꼭 갖고 싶었던 리모컨 자동차 장난감은 아픈 것도 잊게 해줍니다.

집에 돌아온 성범이는 소변볼 때 불편하고 아파서 눈물이 나옵니다. 엄마가 소독할 때도 말할 수 없이 아프지만 조금 울다가 그칩니다. 씩씩하고 건강한 남자가 되는 길이라는 말이 울 수 없게 만듭니다.

고래잡이(포경) 수술을 한 성범이가 상전이 되었습니다. 종이컵을 달고 안방에 누워서 엄마와 누나를 불러댑니다. 엄마와 누나는 알라딘 요술램프에서 나오는 하인처럼 기다렸다는 듯이 성범이에게 달려가 시중을 듭니다.

누나가 성범이 곁에서 책을 읽어 주고 텔레비전 만화도 성범이가 좋아하는 것을 보도록 양보해 줍니다. 전에는 서로 좋아하는 만화를 보겠다고 다투다 엄마한테 혼나곤 했는데 사이가 아주 좋아졌습니다.

제 할 일을 안 했을 때는 호랑이 같던 엄마도 어린 성범이가 안쓰러워 어리광을 다 받아줍니다. 맛있는 빵을 사다 주고 양념치킨도 배달시켜 줍니다. 성범인 매일 해야 하는 학습지 '일일공부'를 하지 않아도 되고, 미술학원에 가지 않고 맘껏 놀 수 있어 그저 좋기만 합니다.

상처가 천천히 아물기를 기대했지만, 종이컵 없이도 지낼 수 있게 되고, 약속했던 일주일이 금세 지나갑니다. 엄마와 누나에게 응석을 부리며 실컷 놀던 성범이는 너무나 짧은 일주일이 아쉽기만 합니다.

엄마 따라 비뇨기과에 간 성범이는 의사 선생님의 칭찬을 듣습니다. 말을 잘 들어 고래잡이 수술이 아주 예쁘게 잘 되었다며 머리를 쓰다듬어 줍니다. 실밥을 뽑고 난 성범이는 기회 있을 때마다 친인척 어른들과 또래의 친구들에게 고래잡이 수술을 했다고 자랑합니다.

집 보기

    일곱 살인 성범이는 유치원에 다니지 않고 집에서 엄마와 함께 공부하며 지내고 있습니다. 계획표를 짜놓고 매일 시간에 맞춰 한자 공부와 학습지 풀기, 그림 그리기, 독서하기, 레고로 만들기 놀이하며 시간을 보냅니다.

    엄마가 집에 있을 때는 마음이 편하고 간식도 챙겨줘 좋은데 외출이라도 하는 날은 성범이의 머릿속이 복잡해집니다. 엄마를 따라가서 재미있을 때도 있지만, 요즘처럼 매일 교육청에 가서 컴퓨터 교육을 받는 날은 무척 지루하고 불편합니다. 엄마 옆에 꼭 붙어 앉아서 그림을 그리거나 책을 읽어야 하는데 한곳에 오래 앉아 있기가 쉽지 않습니다.

    그래서 엄마와 약속했습니다. 엄마가 컴퓨터 교육이 끝날 때까지 한 달 동안 혼자 집에 남아서 계획표대로 할 일을 하며 집 보기로 한 것입니다.

    성범이는 엄마가 일러주는 주의사항을 머릿속에 저장합니다. 누가 와서 벨을 눌러도 대꾸하지 말고 문도 열지 말 것이며 전화도 받지 말고 엄마가 올 때까지 밖에 나가면 안 된다는 것을 되뇌며 불안해하는 엄마를 안심시킵니다.

아빠와 누나가 집을 나가면 9시까지 교육청으로 가야 하는 엄마는 아침부터 무척 바쁩니다. 성범이 간식과 점심밥을 식탁에 차려놓고 나가면서 성범이에게 아까 했던 말을 또 하며 신신당부합니다.

성범이는 불안한 마음을 감추고 안녕히 다녀오시라고 씩씩하게 인사합니다. 엄마가 나가고 나니 집안이 갑자기 조용해집니다. 성범이는 평소에 하던 대로 거실로 가서 책상으로 사용하고 있는 큰상 앞에 앉아서 시간표에 맞춰 공부합니다. 무섬증을 없애려고 '부생아신(父生我身) 모국오신(母鞠吾身)' 사자소학 해를 소리 내어 읽으며 한자 공책에 한자를 쓰고 있는데 갑자기 스피커에서 방송이 나옵니다. 성범이는 무슨 방송인지 귀담아듣습니다. 오늘은 물탱크를 청소하는 날이라 물이 나오지 않으니 필요한 만큼 미리 받아놓으라는 내용입니다.

성범이는 하던 공부를 멈추고 일어나 욕조가 있는 화장실로 가서 욕조 구멍을 마개로 막고 물을 받기 시작합니다. 물이 시원스럽게 콸콸 쏟아집니다. 물 나오는 걸 한참 내려 보다가 식탁으로 가서 샌드위치와 우유를 먹고 다시 거실 책상에 앉습니다.

처음엔 시간이 잘 가지 않고 지루하더니 계획표대로 한자를 쓰고, 학습지를 풀고 났더니 시간이 잘도 갑니다. 성범이는 욕조에 물 받고 있다는 것을 깜빡하고 있다가 화장실로 달려갑니다. 욕조에 물이 가득 차 넘치고 있습니다. 물을 잠그고 거실에 가서 레고로 성 쌓기를 하고 있는데 현관문 따는 소리가 들리더니 반가운 엄마가 들어오며

별일 없었는지 묻습니다.

성범이는 물이 안 나온다는 방송을 듣고 욕조에 받아놓은 거며 계획표대로 할 일을 다 했다고 자랑스럽게 말합니다. "우리 아들, 다 컸네. 기특도 하지." 엄마가 무척 흐뭇해하며 성범이를 꼬옥 안아줍니다.

저녁에 성범이의 집 보기의 성공이 아빠와 누나에게도 전해져 칭찬을 듬뿍 받습니다. 가족들의 칭찬은 성범이에게 자신감을 심어주고 의젓하게 커갈 수 있는 발판을 마련해줍니다.

분명히 아빠 아들

초등학교에 입학한 성범이가 학교생활을 아주 재미있게 잘하고 있습니다. 성범이가 다니는 안양남초등학교는 역사가 50년이 넘는 오래된 학교여서 교실은 낡았지만, 운동장은 아주 넓어 뛰어놀기엔 그만입니다.

성범이는 시간이 날 때마다 넓은 운동장에서 친구들과 축구도 하고 그림자 밟기 놀이를 하며 신나게 뛰어놀지만, 쉬는 시간 10분이 너무 짧아 아쉽습니다. 놀이에 재미를 붙일 만하면 벨이 울리기 때문에 종일 맘껏 노는 게 소원입니다.

시작을 알리는 벨이 울리자, 땀범벅이 된 성범이가 교실로 재빨리 들어옵니다. 조금이라도 늦으면 교실 뒤에 가서 손 들고 서있는 벌을 받기 때문에 총알처럼 움직일 수밖에 없습니다.

교실에 일찍 들어온 성범이가 자리에 앉아 잔뜩 긴장하고 있습니다. 둘째 시간에 혈액검사를 한다고 간호사가 들어왔기 때문입니다.

어젯밤에 엄마와 함께 본 9시 뉴스가 성범이를 혼란스럽게 합니다. 산부인과에서 낳은 아기가 바뀐 줄도 모르고 십몇 년씩 키우다 친자식이 아닌 게 밝혀져 엄마들끼리 울고불고하는 장면을 보았습니다. 혹시 자기도 바뀐 것은 아닐까 걱정이 됩니다.

아빠는 성범이가 조금만 잘못해도 벌을 주거나 혼냅니다. 밖에서 신나게 놀다 늦게 들어오거나 할 일을 제때 안 하면 어김없이 벌을 받습니다. 엄마도 누나와 다투거나 먹을 걸 놓고 아옹다옹하면 누나에게는 너그러우면서도 성범이한테는 먹을 걸 너무 욕심낸다며 혼냅니다. 그리고 식구들이 태어난 지 얼마 안 된 동생만 예뻐하는 것을 볼 때마다 혹시 친부모가 아니어서 자기만 미워하는 것은 아닐까 하는 의심이 들곤 했습니다.

만약에 지금 함께 사는 엄마, 아빠가 남이고 누나와 동생도 친형제가 아니라면 어떻게 할까. 나를 낳아준 친부모가 시골에서 어렵게 살고 있다면, 혹시 지금 부모님보다 더 무서운 분이라면…. 온갖 생각이 스쳐 지나갑니다.

친부모인지 아닌지 확실하게 알려면 혈액검사를 해야 한다는데, '혹시 우리 엄마, 아빠가 친부모가 아니라면 나는 어떻게 해야 하나.' 생각만 해도 가슴이 벌렁거리고 등에서 식은땀이 납니다.

성범이는 차례를 기다리면서도 여러 생각들로 불안한 마음이 가시지 않습니다. 간호사가 성범이 귀에서 피를 뽑아 검사한 다음에 혈액형이 A형이라고 알려줍니다.

"앗~싸!"

성범이가 저도 모르게 소리를 지릅니다. 다른 혈액형이 나올까 봐 조마조마했는데 A형이 나온 것입니다.

아빠는 A형이고, 엄마는 B형이며 누나는 AB형, 동생은 A형입니다.

성범이는 아빠와 같은 혈액형이 나오자 모든 걱정이 사라지고 자신감이 생깁니다. 이제 염려하지 않아도 됩니다. 분명히 아빠 아들이라는 것이 밝혀졌기 때문입니다.

성범이는 어서 빨리 집으로 돌아가 이 사실을 가족에게 알리고 싶어 몸이 근질근질합니다. 부모님과 누나와 동생이 남이 아니라는 사실이 그렇게 좋을 수가 없습니다. 집으로 돌아가는 발걸음이 가벼워 날아갈 것만 같습니다.

기쁨놀이

성범이가 학교에서 돌아오기가 바쁘게 엄마에게 묻습니다.

"엄마, 게임해도 돼요?"

엄마가 하던 일을 멈추고 물끄러미 바라봅니다.

"아니에요. 게임 같은 것 하지 않아도 좋아요. 눈이 나빠지지 않을 테니까요."

다른 때 같으면 친구들은 날마다 하는 게임을 왜 우리만 마음대로 못하게 하느냐고 불평했을 성범입니다.

잠시 뭔가를 하던 성범이가 또 묻습니다.

"엄마, 피자 한 판 시켜 주시면 안 돼요? 아니에요, 아니에요. 안 시켜 줘도 좋아요. 뚱뚱해질 염려가 없을 테니까요."

"엄마, TV 만화 좀 보면 안 될까요? 아니에요. 안 봐도 괜찮아요. 시간 절약이 될 테니까요."

성범이가 종일 불평 없이 스스로 잘 다스려가고 있습니다. 성범이의 갑작스러운 변화에 갸우뚱해진 엄마가 무슨 영문인지 궁금하여 누나인 은지에게 묻습니다.

"아하, 성범이가 지금 '기쁨놀이' 하고 있나 봐요."
"기쁨놀이가 뭔데?"

은지가 책 한 권을 엄마에게 내밉니다. 성범이를 순한 양처럼 만든 묘약이 뭘까 궁금한 엄마가 책장을 넘기기 시작하더니 『사랑의 소녀 폴리애나』란 책 속에 빨려 들어갑니다.

고아가 된 11세의 폴리애나가 단 한 점의 혈육인 이모를 찾아갑니다. 이모는 40이 넘은 노처녀로 상속받은 많은 재산을 관리하며 저택에서 살지만, 자기에게 맡겨진 조카가 달갑지 않습니다. 기대에 부풀었던 폴리애나는 이모 폴리 해링턴의 야박함을 원망하지 않고, 목사였던 아버지가 가르쳐 준 기뻐하는 게임을 합니다.

초라한 다락방에서 혼잣말을 합니다. '옷장에 거울이 없어 기뻐요. 거울이 없으면 주근깨가 보이지 않을 테니까요. 벽에 그림이 없어도 훌륭한 그림이 보여요. 작은 창문을 통해 멋진 풍경을 볼 수 있으니까요. 이모님이 이 방을 내게 주셔서 기뻐요.'

부엌에서 빵과 우유를 먹으면서도 기쁨놀이는 계속됩니다. '내가 좋아하는 빵과 우유를 먹을 수 있어서 기뻐요. 낸시 언니와 함께 먹을 수 있어서 기뻐요.'

하인인 낸시가 폴리애나를 불쌍히 여겨 말합니다.

"아가씬 뭐든지 기쁘시군요."

"그건 게임이에요."

"게임이라니? 무슨 말씀이세요."

"네, 무엇이든 '기뻐하는 게임'이에요. 아버지가 가르쳐주셨어요. 전도부인회에서 위문 상자가 왔는데 열어보니까 제가 갖고 싶은 인형이 아니고 목발이었어요. 슬퍼서 울었죠. 아버지가 말씀하셨어요. "목발을 쓰지 않아도 되니 기쁘구나." 건강한 다리가 있어서 기쁘다는 것이었어요. 기뻐할 수 있는 것을 찾는 것이 어려우면 어려울수록 보람 있어요. 하지만 이따금 너무 어려워 도저히 안 될 때도 있어요. 작은 다락방에 넣어졌을 때처럼. 하지만 누구나 진심으로 찾아보면 반드시 뭔가 기뻐할 만한 것이 있어요."

폴리애나의 기쁨놀이는 불행에 처한 많은 사람에게 위로가 되고 행복을 느끼게 해줍니다. 성격이 까다로운 이모조차 몰라보게 변하여 조카 폴리애나를 진심으로 사랑하게 됩니다.

이모는 폴리애나의 중재로 헤어졌던 애인을 다시 만나 결혼하고, 교통사고로 걸을 수 없게 된 조카 폴리애나를 위해 재산까지 아낌없이 처분하며 최선을 다합니다.

폴리애나에게서 기쁨놀이를 배워 위로받았던 사람들은 사고로 절망에 빠진 폴리애나를 찾아와 위로해줍니다. 폴리애나는 다시 기쁨놀이를 시작하며 희망을 갖게 되고, 의사인 이모부와 이모의 주선으로 큰 도시에 있는 유명한 의사한테 수술을 받고 걸을 수 있게 된다는 내용입니다.

책을 다 읽은 엄마가 책 내용대로 실천해보려고 애쓰는 성범이를 꼭 꺼안아 줍니다. 잠시나마 '기쁨놀이'에 빠져 지내는 성범이를 보며 엄마도 배웁니다.

몰리야, 고맙다

　은지와 성범이는 두 살 터울인 남매입니다. 둘은 친구처럼 잘 지내다가도 곧잘 싸워 엄마한테 혼나는 횟수가 잦습니다.

　그날도 저녁밥을 맛있게 먹고 이를 닦다가 개구쟁이 성범이가 누나에게 물을 뿌려 싸움이 시작되었습니다. 잔뜩 뿔이 난 누나가 동생에게 소리 지르고, 성범이는 입속에 칫솔을 물고 도망 다니다가 엄마한테 혼이 납니다. 둘은 수족관 앞에서 두 손 들고 무릎 꿇고 앉아 벌을 받으면서도 서로 탓하며 티격태격합니다.

　두 손을 들고 앉아 불이 환하게 켜진 수족관을 보고 있던 성범이가 벌을 서고 있다는 것도 잊고 수족관에 새끼 몰리가 많아졌다며 엄마를 부릅니다. 설거지하던 엄마가 수족관 앞으로 가서 들여다봅니다. 배불뚝이 블랙몰리가 새끼를 낳고 있습니다.

　아이들은 열대어가 알에서 부화하지 않고 새끼를 낳는다는 걸 이미 알고 있습니다. 열대어인 구피가 새끼 낳는 걸 직접 보며 감동 받은 적이 있기 때문입니다.

　은지와 성범이는 몰리 덕분에 용서 받고, 엄마와 함께 수족관 앞에 앉아서 경이로운 광경을 지켜봅니다. 어미 몰리 배에서 2~3초에 한 마리씩 퐁퐁 빠져나와 곧바로 헤엄치는 깨알 같은 새끼들에게 박수를 보내며 응원합니다.

"나온다. 또 나온다. 일 초, 이 초 나왔다!"

은지와 성범이는 새끼가 어미 몸 밖으로 떨어져 나올 때마다 호들갑을 떨며 기뻐합니다. 벌써 수십 마리나 낳아 수족관 안은 검은깨를 뿌려놓은 것 같습니다. 은지와 성범이는 조금 전에 싸운 것도 까맣게 잊고 수족관 속의 환희에 들떠있습니다.

성범이는 블랙몰리 새끼들이 잘 자라면 친구들에게 팔겠다고 합니다. 새끼들이 잘 자라서 어미처럼 또 새끼를 낳는다면 수족관이 온통 까만 세상이 되겠다는 은지의 말에 모두 웃음꽃을 피웁니다.

매일 먹이를 주며 사랑으로 보살폈던 블랙몰리가 보답이라도 하듯이 조금 전의 험악했던 분위기를 평화롭게 해주고 있습니다.

한동안 수족관 앞에서 떠날 줄 모르고 앉아 있던 성범이가 말합니다.

"몰리야, 고맙다. 오늘 네 덕분에 벌도 안 서고 매도 안 맞았어. 새끼들과 건강하게 잘 자라거라."

엄마와 은지는 성범이 뒤에서 서로 얼굴을 마주 보며 빙그레 웃습니다.

응급실에 가다

성범이가 책상 앞에 앉아 칼로 장난하다가 엄지손가락을 심하게 베었습니다. 함께 있던 누나가 화장지로 쏟아지는 피를 막아보지만, 소용이 없습니다. 기범이가 놀라 엄마한테 달려가고, 계속 흘러나오는 피에 놀란 은지가 얼굴이 하얗게 되어 말없이 엄마 손을 잡아끌고 갑니다.

책상 위의 흥건한 피를 보고 놀란 엄마가 성범이의 엄지손가락을 꼭 움켜쥐고 아빠를 부릅니다. 성범이는 아픈 상처보다 아빠한테 혼날 것이 더 무서워 울상이 됩니다. 아빠가 달려와 차분하게 응급처치를 합니다. 담뱃가루가 지혈에 도움이 된다며 깊게 벤 상처에 뿌리고 붕대로 감습니다. 그래도 피는 멈출 줄 모르고 계속 흘러나옵니다.

엄마, 아빠는 서둘러 병원에 갈 준비를 합니다. 아직 큰 병원엔 가 본 적이 없어 병원의 위치를 정확하게 모르면서도 아빠는 침착하게 움직입니다. 쏟아지는 빗속을 뚫고 달려 한림대병원 앞에서 엄마와 성범이를 먼저 내려줍니다.

성범이는 엄마를 따라서 응급실로 갑니다. 응급실 안이 대낮처럼 환합니다. 경비아저씨가 달려 나와 성범이를 응급처리실로 안내합니다. 야간 당번인 의사 선생님 앞에 앉은 성범이가 잔뜩 겁에 질려 있습니다. 의사 선생님은 피로 뭉친 붕대와 담뱃가루를 걷어내고 알코올로 닦아낸 뒤, 뼈에 이상이 있는지 X-ray 촬영해야 한다며 상처 부위를 다시 붕대로 감아줍니다.

성범이가 간호사 뒤를 따라가고 아빠도 뒤따라갑니다. 그제야 안심이 된 성범이는 밤늦은 시간에 부모님을 고생시키고 걱정 끼쳐 죄송한 마음이 듭니다.

X-ray 촬영 결과 뼈에는 이상이 없다며 성범이의 엄지손가락에 마취 주사를 놓고 의사 선생님이 몇 바늘 꿰맵니다. 그리고 모두 잘 되었으니 걱정하지 말라고 위로해줍니다. 근심에 차 있던 엄마 얼굴이 밝아집니다.

엄지손가락을 붕대로 뭉텅하게 감은 성범이가 병원 문을 나서며 목이 멘 소리로 엄마, 아빠께 죄송하다고 말합니다. 엄마는 성범이를 꼭 안아주며 그만하길 다행이라고 다독여줍니다.

아빠한테 크게 혼날 줄 알고 긴장했던 성범이는 '앞으로 조심하라'는 말만 듣습니다. 그제야 마음속의 근심 걱정이 사라진 성범인 다시는 응급실에 오는 일이 없도록 하겠다고 다짐합니다.

죽기 싫어요

긴 여름의 한낮입니다. 성범이가 거실 바닥에 엎드려 웁니다. 엄마는 갑작스러운 성범이의 행동에 당황했지만, 울음이 잦아들 때까지 기다립니다. 제 방에서 조용히 책을 읽던 성범이가 갑자기 왜 그런 행동을 하는지 의문입니다.

성범이가 울면서 말합니다.

"엄마, 나 죽기 싫어요. 왜 사람은 죽어야 돼요? 더 이상 나이를 먹지 않고 이대로 있었으면 좋겠어요. 늙어서 죽는 것보다 맨날 엄마한테 혼나도 이대로 사는 게 나아요."

성범이의 울부짖음이 못이 되어 엄마 가슴에 박힙니다. 죽기 싫다고 몸부림치는 초등학교 5학년인 성범이에게 무슨 말을 해줘야 하나 고민이 됩니다.

엄마도 죽음에 대해 많은 시간을 번뇌하며 불면에 시달려 왔고, 지금도 죽음의 세계에 대한 두려움은 계속되고 있다는 것을 성범이는 모릅니다. 성범이가 벌써 죽음의 공포를 느끼고 있다는 사실이 엄마 마음을 더 아프게 합니다.

엄마는 성범이가 실컷 울도록 가만히 지켜만 봅니다. 한참 울고 난 성범이가 눈물을 훔치며 일어납니다. 엄마가 성범이를 끌어안고 말합니다.

"엄마도 네 생각과 같아. 나이 먹고 언젠가는 죽어야 한다고 생각하면 잠이 안 온단다. 우리 둘만 그런 것은 아닐 거야. 과학자도 의사들도 우리와 같은 생각을 하면서 고민하고 연구하지만, 아직 풀지 못한 숙제로 남아 있어. 죽음을 두려워하지 않을 사람이 어디 있겠니. 모두 잊고 사는 것뿐이지. 우리도 잊고 지내자. 주어진 현실에 감사하면서 열심히 살다 보면 하느님이 알아서 해결해 주실 거야."

엄마 품에 안겨 조용히 듣고 있던 성범이가 밝은 표정을 지으며 제 방으로 들어갑니다. 엄마는 벌써 자라서 죽음을 생각하고 있는 성범이가 대견하면서도 안쓰럽습니다.

8. '희호' 이야기

기(氣) 싸움

5학년이 된 성범이는 스스로 몸짱이고 얼짱이라 믿고 있습니다. 여섯 살 때부터 태권도에서 단련한 실력은 시범단에 뽑힐 정도고, 새벽마다 아빠와 아파트 근처에 있는 여중학교 운동장이나 자유공원에 가서 축구를 하기 때문에 축구도 잘하는 편입니다. 거기에다 가족들끼리 운동 삼아 하는 배드민턴은 아빠, 엄마와 겨뤄도 뒤지지 않는 실력을 가지고 있습니다.

새 학년이 된 성범이는 해마다 치르는 기 싸움에 또 말려들고 맙니다. 5학년 3반 교실이 아주 소란합니다. 성범이를 아는 친구들은 성범이의 실력을 인정하기 때문에 함부로 덤비지 않습니다.

그런데 처음 같은 반이 된 규민이와 시비가 붙었습니다. 체스를 하고 있던 규민이는 성범이가 지나가면서 일부러 건드렸다고 우기고, 성범이는 잘못 스쳤을 뿐이라고 우기다가 한판 싸움이 붙은 것입니다.

처음엔 친구들 앞에서 티격태격하다가 성범이보다 체격이 큰 규민이가 화를 이기지 못하고 의자를 들어 던지려고 하자 성범이가 태권도로 제압합니다. 의자를 들고 나동그라진 규민이가 코와 입을 다쳐 피가 납니다.

그 일로 성범이는 5학년 3반의 기를 제압하고 자기가 짱 임을 증명해 보입니다. 그나저나 성범이는 걱정이 태산 같습니다. 집에 가면 엄마한테 혼날 것이기 때문입니다.

엄마들은 참 이상합니다. 친구와 싸우더라도 우리끼리 해결하면 되는 것을 어른들이 끼어들어 친구 사이를 이상하게 만들곤 합니다. 앞뒤 사정은 알아보지 않고 무조건 엄마한테 전화해서 자기 자식은 아무 잘못이 없는데 상대방 아이가 문제라며 흥분합니다.

집에 돌아오자 역시나 얼굴색이 하얗게 변한 엄마가 성범이를 기다리고 있습니다. 규민이 엄마가 전화하여 막말하고 끊었다고 합니다. 엄마는 성범이에게 그렇게 젊은 아줌마에게 험한 소리를 들어야 하겠냐며 자초지종을 묻습니다. 성범이는 사실대로 설명합니다. 의자를 던지려고 해서 태권도로 제압한 것뿐이라고 해도 엄마는 친구를 다치게 한 것은 잘못이라고 야단칩니다.

그 와중에 전화벨이 힘차게 울려 성범이는 또 한 번 긴장합니다. 태권도 관장님의 전화를 받은 엄마의 표정이 한결 부드러워집니다. 관장님이 기 싸움 건을 어떻게 알았는지 성범이 잘못은 없으니 너무 혼내지 말라고 엄마에게 전화한 것입니다.

성범이는 무릎 꿇고 앉아 벌 받으며 엄마의 훈계를 듣습니다. 규민이 엄마가 "그런 애가 자라서 깡패밖에 더 되겠느냐."고 악담해서 엄마 가슴이 너무 아팠다며 다시는 그런 전화를 받지 않도록 도와달라고 부탁합니다.

눈물이 나고 목이 멘 성범이는 그저 죄송하다는 말만 되풀이하며 앞으로는 엄마 말씀대로 함부로 힘을 쓰지 않을 것이고, 약한 친구들을 보호할 것이며 운동도 잘하고 공부도 잘하여 다시는 그런 말을 듣지 않겠다고 결심합니다.

포켓몬 짱딱지

엄마가 성범이 방을 청소하다 빵빵한 주머니 하나를 발견합니다. 뭘까 궁금하여 열어본 주머니 안에서 형형색색 갖가지 모양의 포켓몬 짱딱지가 쏟아져 나옵니다. 그 많은 것을 어떻게 모았을까 궁금하여 성범이가 어서 오기를 기다립니다.

학교에서 돌아온 성범이가 책가방에서 손바닥 크기의 짱딱지 몇 개를 꺼내며 자랑합니다. 친구가 빌려준 짱딱지로 땄다는 것입니다. 그렇게 매일 따 나른 것이 신발주머니에 가득합니다. 그제야 엄마는 학교에 퍼진 짱딱지의 열풍을 짐작합니다.

색다른 짱딱지만 보면 형제가 싸웁니다. 동생은 갖고 싶다고, 형인 성범이는 힘들게 따 온 것이라 줄 수 없다며 집안이 소란스럽습니다. 엄마는 그 소란을 잠재우기 위해 천 원짜리 지폐를 성범이 손에 쥐어 줍니다.

성범이와 기범이는 놀다가도 누군가 먼저 포켓몬 이름을 대면 이어서 진화한 포켓몬 이름을 대느라고 분위기가 진지해집니다. 듣도 보도 못한 백수십 종의 포켓몬 이름을 글 모르는 기범이가 줄줄 외워

댑니다.

네 살배기 기범이는 아침 일찍 일어나 형아가 빨리 학교 가기를 기다립니다. 형이 현관문을 나서기 바쁘게 형아 방으로 달려가서 짱딱지 주머니를 찾아들고 나옵니다. 거실 바닥에 쏟아 놓은 짱딱지 이름을 주워섬기며 지루한 줄 모르고 몇 시간을 놉니다. 혼자 재밌게 놀다가도 형아 올 시간이 되면 짱딱지를 주머니에 담아 제자리에 갖다 놓습니다.

성범이와 기범이는 기회 있을 때마다 포켓몬 이름 대기를 합니다. 뿔카노, 코뿌리, 쏘드라, 고라파덕, 갸라도스, 니드런, 뚜벅초, 파이리, 킹크랩 등등 엄마는 괴상망측한 괴물들의 이름을 들으며 빙그레 웃습니다.

어느 날, 짱딱지를 만드는 재료에 환경호르몬 수치가 아주 높게 나와 건강에 해롭다는 뉴스가 나옵니다. 엄마는 성범이에게 짱딱지를 팔라고 제안합니다. 성범이가 안 된다고 펄쩍 뜁니다. 몸에 안 좋은 환경호르몬 얘기로 성범이를 설득하는데, 며칠 걸렸지만 결국은 성공합니다.

엄마가 3만 원에 산 짱딱지를 쓰레기통에 버리려 하자 미련을 버리지 못한 성범이는 친구들에게 선심이라도 쓰고 싶다 하고, 은지는 한 술 더 떠서 문구점에다 싸게 팔자고 합니다. 엄마는 단호히 거절하고 짱딱지가 가득 들어 있는 바구니를 들고 밖에 있는 커다란 쓰레기통에 쏟아버립니다. 뒤따라온 성범이가 쓰레기통으로 들어간 짱딱지를 내려다보며 눈물을 찔끔거립니다.

짱딱지를 팔고 난 성범이가 이제 빵 봉지 속이나 과자봉지 속에 들

164

어 있는 포켓몬 스티커를 얻기 위해 맛없는 빵과 과자를 삽니다. 문구점에서는 짱딱지와 스티커를 팔고, 서점에서는 만화책을, 텔레비전에서조차 포켓몬 만화를 방영하며 아이들의 관심을 끌고 있습니다.

성범이가 짱딱지를 판돈으로「피파 2000」이란 게임 CD를 사서 즐기고 있지만, 포켓몬의 마력에서 헤어나지 못하고 이번엔 포켓몬 만화책을 사 왔습니다. 엄마는 만화책 6권을 빼앗는 대신『해리포터와 마법사의 돌』을 사다 줍니다. 은지와 성범이가『해리포터와 마법사의 돌』에 푹 빠져 지내더니 다음 권을 사기 위해 용돈을 꺼내 들고 진지하게 의논합니다.

엄마는 포켓몬으로부터 자유로워진 은지와 성범이를 보며 흐뭇한 미소를 머금습니다.

'희호' 이야기

기범이는 설날이 무척 기다려집니다. 설날이면 할머니가 시골에서 꼭 올라오시고, 그러면 혼자 자지 않아도 됩니다. 그리고 밤마다 들려주시는 할머니의 얘기가 우리나라 전래동화보다도 더 재미있습니다. 사투리 섞인 옛날 수수께끼도 아주 재미있어 시간 가는 줄을 모릅니다.

학교가 끝나고 친구들이 놀자며 꼬드겨도 뿌리칠 수 있었던 것은 천일야화처럼 끊임없이 이야기보따리를 풀어놓으시는 할머니와 함께 지내고 싶기 때문입니다.

이번 설에는 아빠가 2주 전에 할머니를 모시고 올라왔습니다. 할머니가 기범이네 집에 오시면 적응하는 기간이 2, 3일은 걸립니다. 아파트 생활이 뱃멀미하는 것 같이 어지럽고 소화가 안 된다고 하시지만, 일주일 정도 지나면 괜찮아집니다.

기범이가 학교에 다녀오는 동안 할머니는 엄마 일거리를 도와 빨래를 널거나 개기도 하시고, 기범이가 읽던 동화책을 옆에 놓고 더듬더듬 읽으시기도 합니다.

할머니는 비디오를 제일 좋아하십니다. 엄마가 찍어두었던 기범이 삼 남매 어렸을 때나 설날과 가족들의 생일, 제삿날에 찍었던 비디오를 보며 손뼉 치고 함께 웃으며 비디오 속으로 들어가 아주 즐겁게 보내곤 하십니다.

저녁 식사 시간입니다.

"느그들 할미가 우수운 얘기 하나 할 거나?" 기범이가 제일 좋아하며 빨리 들려달라고 재촉합니다.

시골 우리 동리 들어가는 질 옆으로 산 하나가 안 있디야. 그 산이 옛날에는 나무가 무성허고 길이 쫍아서 장에 갔다가 그 산길로 올라믄 얼매나 무서운지 간이 벌렁벌렁했어야. 도적놈들이 그 속에 숨어 있다가 돈을 뺏어 갔은게.

우리 동리에 사는 '희호'라는 사람이 비 오는 날 그 산길로 오는디 자꾸 뒤에서 "희호, 희호" 하며 자기 이름을 부르는 소리가 들리드란다. 얼매나 무서웠것냐. 앞만 보고 정신없이 오는디 빨리 걸을수록 부르는 소리도 빨라져 자꾸 "희호, 희호" 하는디 꼭 귀신이 뒤따라오는 것 같드래여.

빗물인지 땀인지 범벅이 되어 오다가 동리가 보인게 안심이 되었는갑드라. 누가 쫓아오나 허고 뒤를 돌아보았는디 글씨 아무도 없고, 숨을 쉴 때마다 "희호, 희호" 해서 보니까 코딱지가 들랑달랑하면서 "희호, 희호" 소리를 냈드란다.

기범이네 가족은 할머니의 얘기를 듣고 배꼽을 잡고 웃느라고 숟가락, 젓가락이 떨어지는 줄도 모릅니다. 기범이는 웃다웃다 안되니까 거실 바닥으로 가서 데굴데굴 구르며 배를 움켜잡고 웃어젖힙니다.

기범이네 가족은 가끔 할머니가 들려주셨던 '희호' 이야기를 꺼내어 웃음꽃을 피웁니다.

길고양이

기범이는 애완동물을 무척 좋아합니다.

앙증맞게 작은 강아지도 예쁘고, 햄스터나 거북이도 좋지만, 털이 부드러운 고양이를 더 좋아합니다. 하지만 2학년 때, 학교 앞에서 파는 노랑 병아리를 사 왔다가 엄마한테 야단맞은 다음부터는 애완동물 얘기는 꺼내지도 못하고 있습니다.

요즈음 학교에 오가며 길고양이를 자주 만납니다. 쓰레기통 옆에서 맴돌다가 인기척이 나면 쏜살같이 도망가는 고양이를 안타깝게 바라보며, 가까이에서 만져보고 싶은 마음을 잠재웁니다.

"엄마, 새끼 고양이 한 마리만 사주시면 안 돼요?"

"몇 번씩이나 말해야 되니? 네 할 일도 제대로 못하면서 고양이를 사 오면 누가 뒤치다꺼리하니. 그리고 털 달린 동물은 건강에 안 좋다고 몇 번을 말해야 되는 거니. 더 이상 애완동물 얘기는 꺼내지도 마라."

엄마는 애완동물 얘기만 나오면 질겁하며 펄쩍 뜁니다. 집안이 깔끔해야만 직성이 풀리는 엄마의 결벽증이 '애완'이란 단어만 나와도 민감하게 반응합니다. 기범이는 애완동물 갖기를 포기하고, 인터넷에서 예쁜 고양이를 찾아 미니홈피나 학급 사이트에 올려놓는 것으로 마음을 달래고 있습니다.

어느 날 저녁입니다. 아빠가 식사하면서 길고양이 얘기를 들려줍니다. 길고양이가 시골 할머니 댁 헛간에다 새끼를 많이 낳았다는 것입니다. 기범이의 눈이 반짝입니다. 격주로 쉬는 토요일에 시골 가는 걸 싫어하던 기범이가 길고양이 얘기를 들은 날부터 시골에 갈 날만 손꼽아 기다립니다.

드디어 시골에 가는 날입니다. 기범이는 누가 시키지 않았는데도 시골 갈 준비를 마치고 콧노래까지 부르며 차에 올라탑니다. 시골 가는 길이 이렇게 즐거운 적은 많지 않습니다. 엄마, 아빠와 삼국지에 나오는 사람들의 이름 대기를 하거나, 세계 나라 이름 대기, 한자음 대기, 끝말잇기 등을 하며 지루한 줄 모르고 할머니 댁에 도착했습니다.

기범이는 엄마, 아빠와 나란히 서서 할머니께 절하자마자 일어나 아빠를 졸라 뒤꼍으로 갑니다. 정말 새끼고양이들이 있는지 궁금해서입니다. 아빠를 따라서 살금살금 가보았지만, 길고양이는 한 마리도 보이지 않았습니다.

아빠는 실망한 기범이에게 걱정하지 말고 저녁밥 먹을 때까지 기다려보자고 합니다. 할머니 댁 토방에는 고양이 밥그릇이 있습니다. 사람을 무서워하는 길고양이는 인기척이 없을 때만 나타나 밥을 먹고 사라집니다.

저녁 식사 후, 설거지를 마친 엄마가 생선찌개 찌꺼기에 흰밥을 얹어 토방에 있는 고양이 밥그릇에 가득 부어줍니다. 기범이는 아빠 말씀대로 고양이들이 과연 올 것인지 조바심이 납니다.

아빠가 거실 창가에 서서 와보라고 기범이에게 손짓합니다. 기범이는 뒤꿈치를 들고 살금살금 창가로 갑니다. 고양이 어미가 새끼들을 데리고 텃밭에서 토방으로 오며 주변을 살피고 있습니다.

아주 작고 알록달록한 예쁜 새끼고양이 네 마리가 밥그릇 주변에 옹송그리고 앉아 차례를 기다리고 있습니다. 한꺼번에 모여서 먹지 않고 어미가 먼저 먹은 다음 큰 순서대로 돌아가며 맛있게 먹고 있습니다.

기범이는 온몸이 근질거립니다. 토방으로 나가서 한 마리 덥석 안고 싶은 마음이 굴뚝같지만, 인기척을 내면 고양이들이 도망가기 때문에 보는 것으로 만족해야 합니다. 고양이들이 사라질 때까지 지켜보다가 아쉬워하며 안방으로 들어옵니다.

다음 날 아침, 기범이는 엄마가 주신 고양이 밥을 밥그릇에 부어놓고 고양이가 나타나기를 기다립니다. 고양이들은 용케도 알고 찾아와 밥을 남김없이 먹고 떠났습니다. 헛간에 가면 고양이 가족을 볼 수 있지만, 고양이들이 멀리 달아날 것 같아 가지 못하고 있습니다.

할머니는 길고양이들이 불쌍하다고 먹을 것을 꼬박꼬박 챙겨주고 계십니다. 고양이들이 밥값을 했는지 할머니 댁에는 쥐들이 없다고 합니다. 기범이는 고양이를 만지거나 갖지는 못했지만 가까이에서 실컷 본 것으로 만족하며 마음을 달랩니다.

심술쟁이 길고양이

기범이는 휴업일인 토요일에 친구들과 실컷 놀고 싶은 마음을 접고, 부모님을 따라나섭니다. 아빠 차가 서해안고속도로에 들어서자 벌써 모내기가 끝난 초록 들판이 한눈에 보이고, 진초록 옷을 입은 크고 작은 산들이 눈을 시원하게 해줍니다.

기범이는 한 달 내내 학교와 학원들만 왔다 갔다 하느라고 계절이 바뀐 줄도 모르고 지냈는데 엄마, 아빠를 따라서 시골 가는 것도 나쁘지 않다고 생각합니다.

도로가 막히지 않아 3시간 만에 읍내에 도착했습니다. 기범이는 부모님을 따라 시장에 갑니다. 옷집을 지나고 신발가게, 건어물집, 푸줏간을 지나자, 생선 시장이 나옵니다.

부모님이 생선 시장에서 할머니가 좋아하시는 꽃게와 대합과 생선을 사는 동안 기범이는 생선들이 늘어선 시장 안을 구경합니다. 살아 있는 주꾸미, 갑오징어, 농어, 광어, 새우, 우럭이 물속에서 헤엄치고, 바지락과 대합, 가리비가 저 죽을 줄은 모르고 혀를 날름거리며 살아 있음을 자랑합니다. 사람들은 싱싱하다며 살아있는 생선을 먼저 골라 담습니다.

기범이는 부모님을 따라다니며 청과물시장도 구경합니다. 많은 점포가 일렬로 늘어서 있습니다. 수박, 참외, 토마토, 바나나, 사과, 배, 오렌지가 산더미처럼 쌓여있습니다.

요즘은 계절과 상관없이 여러 가지 과일을 맛볼 수 있지만, 시골 할머니는 돈을 아끼느라 사 잡수시는 일이 없습니다. 기범이 부모님은 할머니를 위해 여러 과일을 삽니다. 할머니 덕분에 집에선 맘껏 먹지 못하는 과일을 시골에서는 실컷 먹을 수 있습니다.

할머니 댁에 도착하여 엄마가 식사 준비를 하는 동안 아빠는 집 안을 청소하고, 할머니는 장 보따리를 풀어 마당 구석에 있는 수돗가로 갑니다. 생선비린내가 진동합니다.

언제 왔는지 길고양이가 저만치서 쪼그리고 앉아 큰 눈을 반짝이며 지켜보고 있습니다. 기범이가 옆으로 다가가도 움직일 생각을 안 하고 태연하게 앉아 있습니다. 할머니가 늘 밥을 챙겨주기 때문에 안심하고 있는 것입니다.

할머니가 꽃게와 생선을 다듬어 씻으면서 심술쟁이 길고양이 이야기를 들려줍니다. 뒷집 할머니는 고양이를 싫어해서 볼 때마다 욕하며 빗자루로 쫓아낸다고 합니다. 길고양이가 저를 싫어하는 걸 알고 심술부린다는데 무서울 정도입니다.

날마다 쥐를 잡아다 뒷집 할머니 댁 토방에 갖다 놓기도 하고, 어느 땐 뱀도 잡아다 놓고, 건조장에 들어가 널어놓은 고추 위에 똥, 오줌을 싸놓곤 한다며 할머니는 길고양이를 미워하면 안 된다고 말씀하십니다.

길고양이는 그런 할머니의 마음을 아는 듯 할머니 댁을 제집 드나들 듯합니다. 엄마도 할머니처럼 설거지하고 나면 꼭 길고양이에게 밥을 갖다줍니다. 전에는 인기척이 나면 도망가던 고양이들이 이제는 가까이 가도 아랑곳하지 않고 묵묵히 밥을 먹고 떠납니다.

기범이는 할머니 말씀처럼 길고양이도 생각이 있는 것 같아서 함부로 건들지는 못하고, 애완 고양이처럼 만져보고 싶은 마음을 슬쩍 접습니다.

복희의 아이들

초판 인쇄 2023년 6월 15일
초판 발행 2023년 6월 30일

지은이   매강 김미자
펴낸이   장지섭
북디자인 김은숙
인쇄/제본 (주)금강인쇄
펴낸 곳   도서출판 시인
          등록번호 제384-2010-000001호
          등록일자 2010년 1월 11일
          14034 경기도 안양시 만안구 수리산로 48번길 9, 302호(안양동, 청화빌딩)
          Tel 031-441-5558 Fax 031-444-1828
          E-mail : siin11@hanmail.net

ⓒ 김미자 2023 printed in Seoul,Korea
ISBN 979-11-85479-26-2 03810

* 이 책은 한국예술인복지재단 창작 지원금으로 발간되었습니다.